5·18 앤솔러지

다시 피는 오월

5·18 앤솔러지

다시 피는 오월

차례

6
추천의 말

10
5월 17일
정명섭

54
양치기 소년
임지형

90
봄날,
송곳을 쥐다
유이영

132
투사의 탄생
김민성

169
〈부록〉
다시 새기는
오월

추천의 말

우리는 잊지 않을 것입니다
오월의 그 뜨거운 함성을!

　청소년 여러분. 2025년 4월 4일, 그 감격의 순간에 저는 자연스레 45년 전 광주의 5월이 떠올랐습니다. 그날의 함성은 지금도 살아 있습니다. 거리마다 울려 퍼졌던 외침, 쓰러져 간 이들의 마지막 눈빛, 그리고 살아남은 자들의 다짐은 오늘 우리가 누리는 자유와 권리의 뿌리가 되었습니다.

　5·18 앤솔러지 《다시 피는 오월》은 그 뜨거운 뿌리를 문학의 힘으로 다시 꽃피운 작품입니다. 이 책에 담긴 네 편의 이야기는 각각 다른 시선으로 5·18의 진실과 감동을 전합니다. 축구부 학생들이 위기 속에서 보여 준 연대 의식, '양치기 소년'으로 불리던 아이가 목격한 진실, 폭력 속에서도 송곳처럼 날카롭게 저항한 여고생들의 용기, 그리고 역사 왜곡에 맞서 진실을 알아 가는

현대 청소년의 성장까지……. 이 이야기들은 단순한 과거 회상이 아니라, 오늘의 우리를 되돌아보게 만드는 거울이자 미래를 밝히는 등불입니다. 특히 이 책은 청소년 여러분이 자신만의 방식으로 역사와 연결될 수 있도록 따뜻하고도 날카로운 언어로 다가갑니다.

청소년 여러분, 민주주의는 결코 하루아침에 얻어진 것이 아닙니다. 그렇기에 우리가 기억해야 할 5월은 과거가 아닌 지금 우리의 책임입니다.《다시 피는 오월》이 여러분의 마음에 작은 불씨가 되길 바랍니다. 그 불씨는 언제나 더 크고 뜨거운 정의의 함성으로 이어질 것입니다. 우리는 잊지 않을 것입니다. 5월의 그 뜨거운 함성을!

5·18기념재단 이사장 **원 순 석**

추천의 말

앞으로 만나게 될
더 많은 민주주의자를 위하여

    2025년, 위대한 시민의 힘이 대한민국의 민주주의를 지켰습니다. 계엄 당시 국회로 달려간 시민과 국회의원 들은 45년 전 광주를 떠올리며 이 상황을 막지 못하면 1980년 5월에 일어난 일이 반복될까 두려웠다고 합니다. 한강 작가의 말처럼 과거가 현재를 돕고, 죽은 자들이 산 자를 구한 것입니다.

    1980년 5월, 광주는 고립되고 외롭고 무서웠습니다. 그러나 전 세계 평화 애호민들과 민주주의자들, 국민들이 광주를 도와줬습니다. 손을 잡아 줬습니다. 광주를 지켜 줬습니다. 그래서 5·18 민주화 운동은 민주주의의 꽃으로 피었고 광주는 세계 속의 민주·인권·평화의 도시로 빛나고 있습니다. 광주가 이제는 포용의 도시가 되어 돌려드릴 차례입니다.

그 길에 《다시 피는 오월》이라는 청소년 소설을 만나게 되어 무척 기쁩니다. 5월의 광주를 담은 네 편의 이야기는 각각 다른 시점, 다른 인물을 통해 5·18의 진실에 다가섭니다. 전국 체전을 위해 광주에 온 학생들, 탱크를 목격한 소년, 계엄군의 폭력에 맞선 여고생들, 역사 왜곡을 바로잡으려는 지금의 청소년까지 네 개의 시선은 5·18 민주화 운동이 여전히 살아 있는 역사임을 보여 줍니다.

응원봉을 들고 거리로 나온 이 시대의 청소년들 또한 오래도록 기억할 겁니다. 유난히 추웠던 지난겨울의 광장을 민주주의 축제의 장으로 만든 모든 세대가 고맙고 자랑스럽습니다. 역사적 진실에 다가가며 참된 미래를 꿈꾸는 이 작품집이 독자들에게 깊은 울림이 되어 전해지기를 희망합니다.

광주광역시장 **강 기 정**

5.18

ANTHOLOGY

5월 17일

정명섭

정명섭
저는 역사를 현재가 과거에게 빚진 것이라고 말하곤 합니다. 그래서 후손들은 과거를 기억해야만 합니다. 우리가 누리고 있는 것들은 대부분 과거의 희생을 통해서 얻어진 것이니까요. 5·18 광주 민주화 운동은 민주주의를 쟁취하기 위한 위대한 여정이자 숭고한 희생입니다. 그 희생을 기억하기 위해 작은 발자취를 남깁니다.
2013년 《기억, 직지》로 제1회 직지소설문학상 최우수상, 2016년 《조선변호사 왕실소송사건》으로 제21회 부산국제영화제에서 NEW 크리에이터상, 2020년 《무덤 속의 죽음》으로 한국추리문학상 대상을 수상했습니다. 대표작으로 《저수지의 아이들》 《그들이 세상을 지배할 때》 《1948, 두 친구》 《기억 서점》 《빙하 조선》 등이 있고, 그 밖에도 《우산의 비밀》 《취미는 악플, 특기는 막말》 《괴이, 학원》 《떡상의 세계》 등 다수의 앤솔러지에 참여했습니다.

금남로의 '성운장'이라는 간판이 달린 여관 문을 가장 먼저 열고 들어간 것은 화순 대창고등학교 축구부의 골키퍼 한준수였다. 배코 머리에 땜빵이 있는 한준수는 들어가자마자 큰 소리로 외쳤다.

"어머니! 저희 왔어요!"

한준수의 우렁찬 외침에 엎드려서 마룻바닥을 닦던 성운장 여관의 주인아주머니가 손뼉을 치면서 반가워했다.

"아야, 뭣이데. 준수 왔냐!"

꽃무늬가 새겨진 촌스러운 일 바지를 입은 주인아주머니가 고무신을 신고 섬돌 아래로 내려왔다. 여관은 수돗가가 있는 마당을 중심으로 방들이 빼곡하게 둘러싼 형태였는데, 한준수의 뒤로 축구공과 신발 가방을 든 축구부 아이들이 우르르 들어오면서 마당은 금방 차 버렸다. 축구부 감독이자 체육 선생인 오인학이 뒤늦게 아이들을 따라 들어왔다. 40대 중반인 그는 덩치가 크고 우락부락하게 생겼다. 학교에서의 별명은 '미친개'였지만, 주인아주머니에게는 다정하고 예의 바른 목소리로 인사를 했다.

"올해도 신세 지겠습니다."

"아이고, 신세는 무슨. 갠찮해."

주인아주머니와 인사를 마친 오인학 감독은 마당에 모여서 웅성거리는 축구부 아이들에게 소리쳤다.

"야! 고만 좀 떠들고 방에 들어가서 짐 정리해. 방은 작년처럼 쓴다. 얼른 들어가서 정리하고 나와. 30분 후에 근처 국민학교 운동장에서 몸 푼다."

그 말을 들은 축구부 아이들이 한숨을 쉬었다. 방 앞의 쪽마루에 가방을 내려놓은 한준수가 대표로 하소연을 했다.

"감독님, 얼라들이 쭈쭈바 먹으면서 노는 데서 무슨 몸을 풉니까? 또."

오인학 감독이 푸념을 늘어놓는 한준수에게 대뜸 날아 차기를 했다.

"이 자식이!"

아차 싶었던 한준수는 몸을 웅크린 채로 맞으면서 과한 동작으로 쪽마루 위에 넘어졌다. 오인학 감독은 원래 태권도 선수였다가 축구부를 맡은지라 종종 주먹이나 욕설 대신 발이 날아왔다. 쓰러진 한준수가 김일의 박치기 공격을 받은 일본 선수처럼 아프다고 호들갑을 떨었다. 그걸 본 오인학 감독이 양손을 허리춤에 댄 채 소리쳤다.

"야, 이놈들아! 작년 전국 체전 예선 때 신생 팀한테 다섯 골이나 처먹고 탈락한 주제에 무슨 말들이 이렇게 많아. 올해 전주에서 열리는 전국 체전에서도 떨어지면 진짜 학교까지 포복으로 기어갈 거니까 각오해!"

"네!"

쓰러졌다 일어난 한준수까지 포함해서 모두 우렁차게 대답했다. 오인학 감독이 목청을 높였다.

"내가 교장 선생님 바짓가랑이를 잡고 예산 타 냈어. 적응 훈련 해야 한다고 먼저 여기 왔잖아. 그러니까 쎄가 빠지게 뛰어. 알겠냐?"

"알겠습니다."

한준수가 군인처럼 절도 있게 거수경례했다. 그러자 오인학 감독도 따라서 손을 들어 보였다. 그리고 혀를 차는 주인아주머니를 향해 웃어 보였다.

"못 볼 꼴을 보여 드려서 죄송합니다. 아주머니."

"뭣을 그란 것 가꼬 신경 쓰까. 밥을 으쨌소?"

"사실은 버스가 늦어서 못 먹었어요."

"그랄 것 같드랑께. 물 올려놓기를 잘했구만. 언능 국시라도 말아 줄랑께 있어 봐잉."

주인아주머니의 말에 오인학 감독이 뒤통수를 긁적거렸다.

"아이고, 하숙비도 많이 깎아 주셨는데 염치가 없네요."

"아따. 다들 내 새끼 같응께 그라제. 암시랑토 안 한께."

괜찮다는 손짓을 한 주인아주머니가 부엌으로 들어갔다. 그 사이에 아이들은 잽싸게 방으로 들어갔다. 한준수는 같이 방을 쓰는 공격수 차동석과 함께였다. 키가 크고 호리호리한 차동석은 몸집이 있는 한준수 옆에 서면 말라 보였다.

방 안으로 들어서니 전구를 옆방과 같이 쓸 수 있도록 벽이 트여 있었고 꽃무늬 벽지가 눈에 띄었다. 벽에 박힌 못에 추리닝을 걸어 둔 한준수가 짧게 자른 머리를 긁적거리면서 방 안을 돌아봤다. 주전자가 놓인 앉은뱅이책상 하나와 이불장이 전부였다. 축구부 유니폼과 갈아입을 옷이 든 가방을 구석에 내려놓은 차동석이 코를 킁킁거렸다.

"그래도 작년처럼 이상한 냄새는 안 나네."

"누가 개코 아니랄까 봐. 이따 만화방 갈래? 아까 보니까 작년에 갔던 곳이 그대로 있던데."

한준수의 말에 차동석이 고개를 절레절레 저었다.

"야, 그러다 또 걸리면 어떡하려고? 엄마가 이번에도 사고 치면 축구부에서 탈퇴시킨다고 했어."

차동석이 울상을 지으며 말하자 한준수가 혀를 찼다.

"야! 사내대장부가 그까짓 걸로 겁을 내는 거야?"

그때, 문이 벌컥 열리면서 오인학 감독이 안으로 들어왔다. 화들짝 놀란 한준수가 괴상한 비명을 질렀다. 그 소리를 들은 오인학 감독이 양손을 허리에 댄 채 노려봤다.

"너, 내 욕 했지?"

"아, 아닙니다."

차동석은 두 손을 흔들며 아니라고 변명하는 한준수의 모습을 비웃었다. 오인학 감독은 혀를 차며 부엌 쪽을 가리켰다.

"주인아주머니 풍로에 기름 좀 부어 드려."

"네."

안도의 한숨을 쉰 한준수가 잽싸게 밖으로 나갔다. 차동석도 뒤따라 나가자 오인학 감독은 둘이 연애하냐며 쏘아붙였다.

짝퉁 미즈노 운동화를 구겨 신은 한준수는 부엌으로 향했다. 어머니가 오일장에서 사 온 것이었다. 부엌 입구에 주인아주머니가 석유풍로와 석유통을 들고 나와 있었다. 주인아주머니는 문지방에 주저앉으며 말했다.

"자바라 호스가 있었는디, 으디 가 브렀을까?"

"파이프만 있으면 돼요."

"그건 저그 있지."

한준수는 주인아주머니가 가리킨 부엌 입구 옆 창가에 매달려 있던 플라스틱 파이프를 챙겨 왔다. 그사이에 차동석이 석유통 뚜껑과 석유풍로의 기름 투입구 뚜껑을 열었다. 한준수가 플라스틱 파이프의 한쪽 주둥이를 석유통에 넣고 다른 쪽 주둥이를 손에 쥐었다. 그리고 심호흡을 한 다음, 쥐고 있는 파이프 주둥이에 입을 대고 쭉 빨아들였다. 투명한 플라스틱 파이프를 따라 석유통에 있던 기름이 쭉쭉 올라왔다. 옆에서 지켜보던 차동석이 외쳤다.

"지금이야!"

한준수는 잽싸게 입을 떼어 석유풍로의 기름 투입구에 플라스틱 파이프를 꽂았다. 그러자 파이프를 타고 석유통의 기름이 석유풍로로 흘러 들어갔다. 그걸 본 주인아주머니가 박수를 치다가 한준수의 등을 토닥거렸다.

"아따, 손이 야물구만. 으찌케 한 방울도 안 흘렀네잉."

"그럼요. 불도 켜 드릴까요?"

"잉, 그라까? 그라믄 물 안 모자라게 여그도 불 댕기믄 쓰겄네."

"성냥 어딨어요?"

"저그, 창 있는 데에."

한준수는 부엌 창가에서 팔각형 통에 담긴 유엔 성냥을 챙겨 나왔다. 차동석이 석유풍로 아래에 달린 다이얼을 돌려서 심지를 빼냈다. 성냥을 그어서 불을 붙인 한준수가 조심스럽게 심지에 성냥불을 갖다 댔다. 불이 붙은 걸 확인한 한준수가 성냥불을 끄자 주인아주머니는 부엌 안으로 들어가서 물이 담긴 양은솥을 들고 나와 석유풍로에 올렸다. 그러고는 한숨 돌리며 목에 걸고 있던 수건으로 이마의 땀을 닦았다.

"느그들 배고프지야. 좀만 기달려라잉. 맛있게 말아 줄랑게."

"네."

짐을 정리한 아이들은 하나둘씩 마당으로 나와서 삼삼오오 모여 잡담을 했다. 오인학 감독은 문간방의 마루에 걸터앉아 지포 라이터로 담뱃불을 붙였다. '팅' 하는 지포 라이터 특유의 소리가 나자 아이들은 자연스럽게 그 근처에서 멀어졌다. 오인학 감독은 한번 담배를 물면 연달아 피우기 때문에 냄새가 지독했다. 주인아주머니가 그런 오인학 감독에게 물었다.

"그란디 요즘은 뭔 담배를 피운당가? 아직도 청자 핀가?"

"아뇨. 지난달에 나온 솔 피웁니다. 맛이 좋네요."

오인학 감독이 붉은색 바탕에 하얀색 소나무가 그려진 담뱃갑을 보여 주었다. 화기애애한 분위기가 이어지는 가운데, 갑자기 멀리서 함성과 함께 박수 소리가 들려왔다. 오인학 감독이 담배를 손에 든 채 일어나서 여관 밖을 바라봤다.

"이게 무슨 소립니까?"

오인학 감독의 물음에 양은솥에 국수를 촤르륵 밀어 넣던 주인아주머니는 얼굴을 찡그렸다.

"을마 전부터 학생들이 데모를 안 허요."

"무슨 데모요?"

"그 서울서 대학생들이 데모를 아조 크게 한담서. 민주화하라고. 그랑께."

"아이고, 작년에 박정희 대통령 죽고 세상이 좀 나아지나 싶었더니 군부가 다시 정권을 잡으니까 이리 문제가 생기네요."

오인학 감독이 속 편한 소리를 하자 주인아주머니는 부글부글 끓는 양은솥을 내려다보면서 중얼거렸다.

"누가 서울의 봄 으짜고 하드만은 봄은 개뿔. 기냥 겨울이여. 서울역서 대학생 10만이 모였다드만은 흐지부지돼 브러 가꼬 뭣이 돼도 안 해븐담서."

"그래도 좋아지겠죠. 세상이."

오인학 감독의 말에 그랬으면 좋겠다고 중얼거리듯 대꾸한 주인아주머니가 양은솥의 상태를 살피다가 다 되었다는 말과 함께 몸을 일으켰다.

주인아주머니가 대청에 펴 놓은 여러 개의 밥상 위로 잔치국수가 올라왔다. 군침을 흘리며 지켜보던 아이들은 오인학 감독이 젓가락을 들자 너도나도 달려들어서 후루룩 먹어 치웠다. 부엌에서 김치를 들고 나오던 주인아주머니가 웃으며 말했다.

"아야. 천천히들 먹어라잉. 비빔국시도 말아 줄 것잉게."

그 말에 다들 '우아' 하는 감탄사를 내뱉으며 더욱 서둘러 먹기 시작했다. 대청에 걸터앉은 주인아주머니가 땀에 젖은 머릿수건을 벗고는 손부채질을 했다. 오인학 감독이 돌아앉으며 물었다.

"무슨 걱정거리 있으세요?"

"걱정이 뭣이 있었어. 저라고 데모가 커져서 그라제."

"아는 사람 있으면 데모에 나서지 말라고 하세요. 작년에 부산이랑 마산에서 데모가 벌어졌는데 군인들을 투입해서 엄청나게 때려잡고 난리가 났잖아요."

"잉. 나도 들어서 알어. 도대체가 나라가 으찌케 될라고 이란가 모르겄어."

두 사람이 나라 걱정을 하는 동안 한준수를 비롯한 축구부 아이들은 열심히 잔치국수를 먹어 치우고 국물까지 싹 비웠다. 그걸 본 주인아주머니가 비빔국수를 해 주겠다며 일어났다. 오인학 감독이 이제 운동하러 가야 한다고 말했지만, 말을 꺼낸 당사자부터 입맛을 다시는 걸 본 아이들은 움직일 생각이 없었다. 아이들의 예상대로 주인아주머니가 먹고 가라고 붙잡자 오인학 감독은 못 이기는 척 다시 젓가락을 들었다. 아이들은 마음껏 국수를 먹어 치웠다. 비빔국수마저 삽시간에 사라지고 양재기 바닥이 드러나자 오인학 감독은 정말 먹는 거 하나는 전국체전 우승감이라면서 허탈하게 웃었다.

"다들 추리닝 입고 마당에 모여. 운동장으로 간다."

여기서 더 버티면 불호령을 피할 수 없겠다는 판단을 한 아이들은 입가에 묻은 고추장 양념을 손등으로 닦고는 서둘러 마당에 두 줄로 섰다. 일사불란한 아이들의 모습을 본 오인학 감독이 흡족한 표정으로 호루라기를 입에 물었다.

"학교 운동장까지 달려간다. 막내는 공 챙기는 거 잊지 말고."

그사이 주인아주머니가 눈치 빠르게 소금이 든 비닐봉지와 커다란 마호병을 건넸다. 열다섯 명이 마시기에는 턱없이 부족했지만 없는 것보다는 나았기 때문에 다들 더는 지체하지 않고 대문을 나섰다. 오인학 감독이 호루라기를 불며 발을 맞추라고 했고, 아이들은 익숙한 듯 구령을 붙이며 골목길을 뛰어나갔다. 골목

길에서 딱지치기를 하던 아이들이 놀라 옆으로 비켜났다.

 국민학교 운동장에 도착한 오인학 감독은 축구부 아이들에게 국민 체조를 하면서 몸을 풀라는 지시를 내렸다. 아이들이 몸을 푸는 사이, 오인학 감독은 골대 주변의 잡초를 뽑고 땅을 골랐다. 아이들이 국민 체조를 모두 끝내자 오인학 감독은 골대로 오라고 손짓했다. 그리고 한준수를 바라보며 손가락으로 자신의 옆머리를 톡톡 쳤다.
 "너는 순발력은 좋은데 골키퍼치고 너무 덜렁거려. 생각을 좀 하고 움직여. 자! 상대편 공격수가 우리 수비수를 제치고 단독 드리블로 밀고 들어오면 어떻게 하라고 했어?"
 "앞으로 나가면서 슈팅 각도를 좁혀야 한다고 했습니다."
 "그래, 자세는?"
 "다리는 구부리고 두 팔을 펼쳐서 공을 최대한 막을 수 있도록 하라고 했습니다."
 "하여튼 말만 잘해. 진짜."
 "아닙니다. 말도 잘하는 겁니다."
 한준수가 맞받아치자 오인학 감독은 또 까분다면서 엉덩이를 가볍게 걷어차고 골대 앞으로 가라고 손짓했다. 그러고는 나머지 선수들을 일렬로 세우고 골대로 축구공을 차게 시켰다. 한준수는 왜 나부터냐고 투덜거리면서도 열심히 공을 막았다. 처음에는 설렁설렁 차던 선수들은 공이 골대를 빗나가거나 한준수에게 막히면 오인학 감독이 오리걸음을 시키는 바람에 다들 본격적으로 공을 차기 시작했다. 한준수의 추리닝은 금방 지저분해졌다.

슈팅 연습을 시작으로 훈련은 해가 질 때까지 이어졌다. 주변이 어둑했지만 오인학 감독은 감각을 익혀야 한다면서 훈련을 멈추지 않았다. 결국 해가 다 떨어진 다음에야 훈련이 끝났다. 골대 앞에 주저앉은 한준수는 오인학 감독이 건넨 소금을 먹으며 인상을 찌푸렸다. 차동석에게 받은 마호병을 기울여 물도 마시려고 했지만 몇 방울 나오다가 말자 표정이 더욱 안 좋아졌다.

"의리 없는 새끼들."

"지금 의리 찾게 생겼냐. 목말라 뒤질 것 같은데?"

차동석의 대꾸에 한준수는 얼굴을 찡그리다가 멀리 있는 수돗가를 보고 냅다 뛰어갔다. 그리고 수도꼭지를 틀어 물을 벌컥벌컥 마셨다. 입안의 소금기가 남지 않을 만큼 물로 배를 채우던 한준수는 누군가 자신의 귀를 잡아당기자 팔꿈치를 흔들며 상대를 쳤다.

"야! 물 마시는데 건드리지 마."

그럼에도 상대가 계속 귀를 잡아당기자 울컥한 한준수는 돌아서서 멱살을 잡았다.

"하지 말라고! 씨발!"

그런데 멱살을 잡힌 상대는 차동석이나 다른 친구가 아닌 오인학 감독이었다. 오인학 감독이 놀란 한준수에게 꿀밤을 먹이면서 말했다.

"넌 여관까지 오리걸음으로 온다. 실시."

"아니, 골키퍼가 저밖에 없는데 무릎 부상이라도 당하면 어쩌시려고요."

"내가 할 거다. 어차피 너나 나나 실력 차이는 비슷하잖아."

"아이고야."

한준수가 혀를 차자 오인학 감독이 다시 날아 차기를 했다. 하지만 한준수는 잽싸게 피했다. 바닥에 떨어진 오인학 감독이 옆에 있던 돌멩이를 집어 던졌다. 한준수는 후다닥 앞으로 달려가서 귀를 잡고 오리걸음으로 걷기 시작했다. 눈치를 보던 다른 아이들도 열을 맞춰서 교문으로 향했다. 엉덩이를 털고 일어난 오인학 감독이 호루라기를 입에 물고 뒤쫓아가다가 교문 앞에 멈춰 선 한준수와 아이들을 보고 버럭 소리를 질렀다.

"안 가고 뭐 해?"

하지만 아이들은 움직이지 않았다. 교문 앞에는 수많은 횃불이 마치 강물처럼 앞으로 앞으로 흘러가고 있었다. 끝없이 이어지는 횃불 행렬에 압도당한 아이들은 꼼짝도 못 했다. 한준수의 머리를 쥐어박으려던 오인학 감독 역시 입을 벌린 채 우두거니 서고 말았다.

아이들이 거대한 횃불 행렬을 지켜보는 가운데 오인학 감독이 운을 뗐다.

"뭣들 해. 여관으로 가자."

아이들이 움직이면서 잠깐 행렬 사이로 끼어들었다. 혼잡스러운 와중에 한준수가 차동석의 팔을 잡아당겼다. 놀란 차동석이 한준수를 쳐다봤다.

"왜?"

"따라가 보자."

"뭐라고? 너 미쳤어?"

"재미있을 것 같지 않아?"

한준수의 말에 차동석은 강하게 뿌리치지 못하고 어정쩡하게 팔을 흔들었다. 한준수가 다른 아이들을 챙기느라 정신이 없는 오인학 감독을 힐끔 봤다.

"지금 빠져나가면 모를 거야. 따라가 보자."

차동석은 주저주저했지만 주변을 스쳐 지나가는 횃불들에 강하게 사로잡혔다. 그래서 차동석은 한준수가 세게 팔을 잡아당기자 못 이기는 척 끌려갔다. 횃불을 든 시위대 중 한 명이 그들을 눈여겨보고 있다가 말을 걸었다. 머리에 '투쟁'이라는 붉은 글씨가 적힌 하얀색 띠를 두르고 있었다.

"느그는 으디서 왔냐?"

두툼한 뿔테 안경에 청바지를 바짝 끌어 올려 입은 남자 대학생의 물음에 한준수가 대꾸했다.

"화순 대창고등학교 축구부입니다. 저는 한준수, 애는 차동석이요."

"오매, 축구 선수들이냐? 그라믄 독일서 뛰는 차범근은 아냐?"

축구부이긴 하지만 축구에 크게 관심이 없는 한준수는 모른다며 고개를 저었지만 차동석은 잘 알고 있다고 대답했다.

"다름슈타트 팀에서 뛰다가 아인트라흐트 프랑크푸르트 팀에서 활약하고 있잖아요."

"잉, 맞어. 아네. 우리 큰누나가 독일서 간호사여. 그란디 차범근 선수가 골을 여 불믄 전광판에 한글로 '차! 범! 근!' 그라고 써 준다 안 허냐. 그것을 보고 우리 누나하고 동료들이 겁나게 울어 브렀다고 그라드라. 그것이 감동잉께."

신나게 얘기하던 대학생은 깜빡했다는 듯 자기소개를 했다.

"나는 이름이 안지철이여. 전남대 국문과 2학년."

"우아! 전남대!"

한준수와 차동석이 입을 벌리며 놀라자 안지철이 쑥스러운지 뒤통수를 긁적거렸다.

"운이 좋았제. 그란디 뭣 하러 왔냐, 여기는?"

"그게, 올해 전주에서 열리는 전국 체전 예선전에 참가하려고요. 미리 와서 적응 훈련 중이에요."

한준수의 설명을 들은 안지철이 놀란 표정을 지었다.

"큰일 날라고? 이 판국에 뭔 훈련이여. 당장 낼이라도 도로 가는 것이 나을 것인디."

"무슨 판국인데요? 안 그래도 낮에 여관에서 큰 소리를 들었어요."

차동석의 물음에 마른침을 삼킨 안지철이 얼굴을 찡그리며 말했다.

"신군부가 정권을 잡아 가꼬 야당 인사들을 싹 체포해 브렀잖애. 그것에 항의하는 데모를 하는 거여. 독재자가 죽었응께 인자 민주화가 될 줄 알고 있었드만, 뜬금없는 군인들이 도로 권력을 잡아 불믄 으찌케 되겄냐? 옛날하고 달라진 것이 없겠지?"

"그렇긴 하죠."

"잉. 그랑께 다들 들고일어난 거여. 싸워서라도 우리 것을 지키고 얻어 내야 한께."

안지철의 설명을 들은 한준수가 물었다.

"그것 때문에 다들 모여서 데모를 하는 거예요?"

"그라제. 아까 낮에는 도청에서 시작했는디, 광주 근처 대학생에 고등학생이랑 시민들, 교수님들까지 2만 명 넘게 모여서 어마어마했어야."

횃불을 든 안지철이 규모를 설명하기 위해서 두 팔을 활짝 펼쳤다. 그 바람에 횃불이 들썩거렸다.

"그라고 시국 선언문을 발표하고, 일반 시민들도 도청 앞 분수대에 올라가 가꼬 속이야기를 했으야."

"그러고 나서 횃불 행진을 하는 거예요?"

한준수의 물음에 안지철이 고개를 끄덕거렸다.

"잉. 두 패로 나눠 가꼬 광주 시내를 돌고 있어. 나중에 금남로 도청으로 다시 모일 것이다."

"어, 우리가 머무는 여관도 금남로에 있어요. 도청까지 갔다가 가면 되겠네요."

"그랄래? 어차피 날도 늦었응께 같이 가자. 횃불도 들어 볼래?"

한준수가 냉큼 고개를 끄덕거리자 안지철이 조심스럽게 횃불을 건넸다. 한준수는 생각보다 무게가 나가는 횃불을 두 손으로 높이 치켜들었다. 주변에서 지켜보던 시위대가 그 모습을 보고 박수를 쳤다. 한준수는 횃불을 더 높이 들었다가 차동석에게 건넸다. 차동석 역시 횃불을 높이 치켜들면서 외쳤다.

"나쁜 놈들은 물러가라!"

단순한 외침이었지만 다들 따라서 목소리를 높이자 마치 어둠 속을 울리는 메아리처럼 퍼져 나갔다. 그리고 그 여운이 사라지기 전에 노랫소리가 들렸다.

쏟아지는 빗발을 뚫고 오던 무거운 어깨
말없이 동녘 응시하던 동지의 젖은 눈빛
이제사 떠오니 당신의 깃발로
두견으로 외쳐 대는 사선의 혈기로
약속한다 그대를 딛고 전진하는 새벽
어느새 닥친 조국의 아침 당신을 기억하리라.

웅장한 노래 가사를 들은 한준수가 차동석이 건넨 횃불을 다시 안지철에게 돌려주면서 물었다.

"무슨 노래예요?"

"'전진하는 새벽'이라는 노래여. 갠찮하지? 애국가도 부르고, '봉선화'도 부르고, 아리랑이랑 '우리의 소원'도 부르는디, 나는 이 노래가 젤로 좋드라."

마침 다시 한번 '전진하는 새벽'의 전주가 시작되었다. 그러자 이번에는 안지철과 함께 두 아이도 목청껏 따라 불렀다.

　그렇게 거리를 지나 금남로에 있는 전남도청까지 횃불들의 행렬이 이어졌다. 군부 타도를 외치는 함성이 울려 퍼지는 가운데 전남도청 앞에 도착한 한준수는 입이 딱 벌어졌다.
"와! 이렇게 사람들이 많이 모인 건 처음 봐."
　차동석도 놀라서 연신 주변을 돌아봤다. 어둠 속이긴 했지만 많은 사람들이 전남도청 앞 광장에 빼곡하게 모인 게 보였다. 그들 중 누군가가 지른 함성이 이쪽까지 파도처럼 밀려왔다. 한준수와 차동석도 두 손을 높이 들고 소리를 질렀다. 곧바로 애국가가 울려 퍼졌다. 학교 조회 시간에 수없이 들어서 지겨웠던 애국가가 이곳에서는 너무나 강렬하게 느껴졌다. 일렁거리는 횃불 뒤편으로 전남도청 쪽 육교에는 커다란 글씨가 적힌 현수막들이 보였다. 고개를 뺀 한준수가 어설픈 한자 실력으로 한 글자씩 읽기 시작했다.
"새 의지로, 새 전남을."
　차동석은 그 아래에 적힌 글씨를 읽었다.
"제19회 전라남도민 체육 대회 선수단, 제61회 전국 체전 전남 예선 대회 선수단, 환영."
　용암처럼 부글거리는 분위기와는 달리 너무나 대조적인 내용이라 한준수와 차동석은 서로를 바라보며 웃었다. 현수막 뒤 전남도청 앞에는 방패와 곤봉을 든 경찰들이 쫙 깔려 있었다. 하지만 그들은 시위대를 지켜보기만 할 뿐 위협적인 움직임은 보이지 않았다. 평화로운 대치가 이어지는 가운데, 애국가가 끝날 무렵 짚으로 만든 허수아비들이 분수대 앞에 나타났다. 허수아비에 붙은 종이가 바람에 펄럭거렸다. 글씨가 적힌 것 같은데 잘 보이지 않았다. 답답해하는 두 아이들에게 안지철이 말했다.

"전두환이랑 박정희여. 화형식을 하는 거지."

안지철의 말대로 허수아비에 횃불이 붙여지더니 삽시간에 불타 버렸다. 불타는 허수아비를 뒤로한 채 누군가 확성기를 들고 분수대 난간 위로 올라섰다. 안지철이 속삭였다.

"봐 봐라. 저 사람이 박관현이여. 전남대 총학생회장에 들불야학 선생님이제."

박수와 함성이 터져 나왔고 박관현이 확성기에 대고 외치는 소리가 어둠 속에서 쩌렁쩌렁하게 울려 퍼졌다.

"제가 전남대학교 총학생회장 박관현이올시다. 이 우레와 같은 박수와 함성이 전 국토와 민족에게 다 들릴 수 있도록 다시 한번 큰 목소리로 외쳐 봅시다. 우리가 민족 민주화 횃불 대행진을 하는 것은 이 나라 민주주의의 꽃을 피우고, 이 횃불과 같은 열기를 우리 가슴속에 간직하면서 우리 민족의 함성을 수습하여 남북통일을 이룩하자는 뜻이며, 꺼지지 않는 횃불처럼 우리 민족의 열정을 온 누리에 밝히자는 뜻입니다. 이런 의미로 우리 광주 시민, 아니 전남도민, 아니 우리 민족 모두가 이 횃불을 밝히기 위해 이 자리에 모인 것입니다."

박관현의 말 한 마디 한 마디가 두 아이의 가슴을 헤집어 놓았다. 폭풍 같은 연설이 끝나고 박관현은 며칠 동안 시위에 나와 준 사람들에게 고마움을 표시했다. 그리고 시위대를 진압하지 않고 지켜본 경찰들에게도 감사하다고 말하며, 대한민국의 민주화가 조속히 이뤄져야 한다고 다시금 강조했다. 그의 말을 끝으로 횃불이 꺼지고 시위는 마무리되었다. 사람들은 삼삼오오 모여서 집으로 돌아갔다. 떠나지 못하고 남은 사람들 또한 무리 지어 모여 얘기를 나눴다. 안지철이 두 아이에게 말했다.

"느그들 있는 여관 이름이 뭐라고 했냐?"

"성운장이요."

한준수의 대답을 들은 안지철이 잠깐 생각하다가 말했다.

"으딘지 알 것 같다. 우리 집도 금남로 쪽잉게. 가자, 데려다주께."

"진짜요?"

한준수의 물음에 안지철이 코끝에 걸린 안경을 끌어 올리며 대답했다.

"우리 아부지가 양동시장 쪽에서 목재소 하신다. 고등학교까징은 거그서 살았응께 잘 알제. 우리 아부지 고향이 화순이라서 목재소 이름도 '화순목재'여."

"와! 이런 인연이 있을 줄 몰랐어요."

"그라냐? 고등학교 댕길 때 아부지 삼륜차 타 가꼬 화순서 모개 실어 온 적도 있었어야."

"삼륜차면 딸딸이요?"

한준수가 아는 척을 하자 안지철이 씩 웃었다.

"잉. 잘 아네. 그거. 우리 외가는 주남마을이고 화순이랑 광주 중간에 있어야."

"알아요. 올 때 그 앞을 지나왔거든요."

"그라제. 징허니 좋은 곳이제."

두 아이는 안지철과 이런저런 얘기를 나누며 전남도청을 벗어나 금남로에 있는 여관으로 향했다. 가로등이 드문드문 켜져 있어서 도무지 길을 알기 어려운데도 안지철은 좁고 어두운 골목을 한 번도 헤매지 않고 찾아갔다. 여관에 도착할 즈음이 되어서야 둘은 슬슬 겁이 나기 시작했다. 차동석이 한준수의 팔을 잡았다.

"야! 이거 다 네가 가자고 해서 그런 거다?"

"미친개가 그런 걸 가릴 것 같아? 어차피 맞으면 같이 맞을 텐데 그게 무슨 상관이야."

상대적으로 느긋한 한준수의 대꾸에 차동석이 발끈했다.

"그래도! 누가 앞장섰냐고 하면 나한테 뒤집어씌우지 말라고."

"알았다고."

둘이 옥신각신하는 얘기를 들으며 안지철은 빙그레 웃고는 걸음을 멈췄다.

"야야, 저그가 목적지 같은디. 앞에서 누가 담배 피우고 있는디야."

한준수와 차동석은 그 말을 듣고 거의 동시에 고개를 떨궜다. 그걸 본 안지철이 말했다.

"저 양반이 느그가 말한 미친개, 아니지, 오인학 감독님이신갑다잉?"

둘이 고개를 끄덕거리자, 안지철은 자기가 먼저 얘기를 나눠보겠다며 앞으로 걸어갔다. 그리고 담배를 피우는 오인학 감독에게 다가가 인사를 했다. 오인학 감독은 담배를 끄고 그와 한참 동안 얘기를 나눴다. 다행히 오인학 감독이 화를 내거나 목소리를 높이지는 않았다. 얘기가 길어지면서 한준수와 차동석은 서로의 손을 붙잡고 오들오들 떨었다. 오인학 감독이 담배를 한 대 더 태웠다. 영원 같은 시간이 지난 후에 안지철이 두 아이에게 이쪽으로 오라는 손짓을 했다. 상대를 앞으로 떠미느라 시간이 늦어지자 오인학 감독이 얼른 안 오냐고 소리쳤다. 골목길을 울리는 오인학 감독의 목소리에 한준수와 차동석은 후다닥 달려가서 그 앞에 섰다. 주먹이나 날아 차기가 나올 줄 알고 둘은 조마조마했지만 오인학 감독은 뜻밖에도 둘의 상태를 확인하고서는 안지철에게 챙겨 줘서 고맙다는 말을 했다. 안지철이 한준수와 차동석의 머리를 쓰다듬었다.

"오늘 반가웠다잉. 훈련 잘하고 좋은 성적 내그라잉."

"네."

"그라고 시간 되믄 목재소로 놀러 오든가. 오늘 데모 나가는 대신에 내일이랑 모레는 목재소 도와드리기로 했응께 그그 있을 것이다."

"거기가 어딘데요?"

한준수의 물음에 안지철이 어둠을 가리켰다.

"쩌그 큰길로 나가서 하천 길 따라 오른쪽으로 쭉 가믄 양동복개상가가 끝나고 다리가 나올 것이다. 그그서 건너믄 동광마트가 있는디, 그 옆이여. 화순목재."

"알겠습니다. 고맙습니다."

"그래, 잘 들어가라잉."

안지철이 손을 흔들면서 어둠 속으로 사라지자 한준수와 차동석은 그대로 얼어붙었다. 그런데 오인학 감독은 뜻밖의 얘기를 꺼냈다.

"다른 애들한테는 데모 행렬에 휩쓸려서 길을 잃었다고 했으니까 그렇게 말해. 저녁은 먹었냐?"

둘이 동시에 고개를 흔들자 오인학 감독이 가볍게 머리를 한 번씩 쥐어박았다.

"밥은 챙겨 먹어야지. 아주머니가 김밥 만들어 놓은 거 남았으니까 얼른 들어가서 씻고 먹어."

"네."

"내일은 오전부터 훈련할 거니까 일찍 자라."

오인학 감독이 대문을 열고 들어가는 둘의 어깨를 쓰다듬으며 말했다. 평소에는 절대 찾아볼 수 없었던 다정함에 살짝 놀란 둘은 이러다가 문 닫고 들어가자마자 맞는 건 아닐까 하는 불안감에 뒤쪽을 힐끔거렸다. 다행히 대문을 닫은 오인학 감독은 그대로 둘의 어깨에 손을 올리기만 했다. 대청에 앉아서 라디오를 듣던 주인아주머니가 한준수와 차동석을 보고는 일어나면서 손뼉을 쳤다.

"아이고, 이놈들아! 으디를 그라고 갔다 왔냐!"

두 아이는 뒤통수를 긁적거리면서 죄송하다고 말했다. 오인학 감독의 얼른 씻으라는 말에 둘은 수돗가에 가서 물을 틀고 얼굴과 목, 손을 씻었다. 그리고 냉큼 대청으로 올라가서 접시에 담긴 김밥을 손으로 집어 먹었다. 주인아주머니가 주전자에 든 보리차를 대접에 따라 주면서 혀를 찼다.

"느그가 길을 잃었다 그래 가꼬 내가 속이 뒤집어질라 했당께! 아조 오늘 도청 앞에서 데모를 을마나 크게 했는디 아냐? 느그가 거그 낀 것은 아닌가 싶어서 걱정이 태산이었단 말이다."

대접에 든 보리차를 단숨에 들이켠 한준수가 말했다.

"거기 갔다 왔는데 별일 없었어요. 경찰들도 지켜보고만 있었고요."

"긍께 한…… 20년 전인가? 4·19 때도 그랬제. 첨에는 조용허니 넘어가는 것 같더만. 나중에는 최루탄에 총까지 쏘고 난리였당께. 그라고 나서야 사람들이 난리 부르스를 친 것이여. 그라니까, 느그도 함부로 나댕기지 말고 조심해야 쓴당께!"

걱정이 가득한 주인아주머니의 말에 오인학 감독이 대신 알겠다고 대답했다. 맞아 죽을 위기를 넘긴 아이들은 어른들의 위기감은 느껴지지도 않는 듯 꽃무늬 접시에 담긴 김밥을 삽시간에 먹어 치웠다. 그러고도 배가 차지 않은 한준수는 주전자에 입을 대고 보리차를 벌컥벌컥 마셨다. 오인학 감독이 배 터져 죽을 거냐고 말하면서 한준수의 등짝을 살짝 후려쳤다. 둘은 크게 트림을 하고는 얼른 방으로 돌아갔다.

추리닝을 벗어 던지고 이불을 편 둘은 그 안에 들어가서 누웠다. 어두컴컴한 천장을 보면서 눈을 깜빡거리던 한준수에게 차동석이 물었다.

"어땠냐? 오늘."

차동석의 질문에 잠깐 생각하던 한준수가 대답했다.

"대단한 하루였지."

그러고는 아까 불렀던 '전진하는 새벽'이라는 노래 가사를 다시 조용히 읊조렸다. 부스럭거리던 차동석 역시 조용히 따라 부르기 시작했다.

다음 날, 아침을 간단히 먹은 축구부 아이들은 다시 국민학교로 향했다. 신발주머니를 든 아이들이 까르르거리며 교문으로 들어갔다. 거기에 휩쓸려 들어간 축구부 아이들은 구석에서 몸을 풀었다. 어제 저지른 짓이 있는 한준수는 오인학 감독이 시키는 대로 조용히 훈련을 했다.

구슬땀을 흘리며 공을 막는 훈련을 하던 한준수가 하늘을 보면서 투덜거렸다.

"아니, 무슨 놈의 5월이 이렇게 더워."

쉬는 시간이 되자 한준수는 조회대 아래 그늘에 쪼그리고 앉았다. 수돗가에서 등목을 하고 온 차동석이 옆에 앉아서 손으로 머리카락을 털었다. 팔뚝에 물이 튀자 한준수가 짜증을 냈다.

"야, 물 튄다고."

"근데 너무 조용하지 않냐?"

"뭐가 조용해? 애들이 떠드는 소리 안 들려?"

"그게 아니라, 데모하는 소리 말이야."

잠깐 귀를 기울이던 한준수가 얼굴을 찡그렸다.

"오늘은 쉬나 보지, 뭐."

"태풍의 눈 같지 않냐?"

"태풍에 무슨 눈깔이 있다고 그래?"

한준수의 대꾸에 차동석이 무식하다며 인상을 찡그렸다.

"지구 과학 시간에 졸았냐? 태풍이 막 부는데 가운데는 비어 있어서 조용하다는 뜻이잖아. 그런데 그게 진짜로 태풍이 지나가서 그런 게 아니라 더 심한 태풍이 몰아닥치기 직전인 거고."

차동석이 침을 튀기면서 설명하자 이번에는 한준수가 얼굴을 구겼다.

"그러니까 지금의 고요함이 태풍의 눈이다, 이 말이야?"

차동석이 대답 대신 고개를 끄덕거렸다. 한준수는 다시 한번 바깥 소리에 귀를 기울였다.

"뭐가 뭔지 모르겠네, 진짜."

그때, 오인학 감독이 호루라기를 불었다. 집합하라는 뜻이라 둘은 동시에 투덜거리며 몸을 일으켰다. 그런데 오인학 감독의 표정이 굳어 있었다. 훈련을 제대로 안 했다고 빠따로 때리거나 기합을 줄 생각인가 싶어 한준수는 덜컥 겁이 났다. 하지만 오인학 감독은 뜻밖의 얘기를 했다.

"여관으로 돌아갈 거니까 공 챙겨라."

"네?"

한준수가 저도 모르게 삐딱한 목소리를 내자 오인학 감독이 쏘아붙였다.

"왜? 남아서 훈련 더 할래?"

"아닙니다!"

우렁찬 목소리로 대답한 한준수는 앞장서서 걷기 시작했다. 웅성거리던 축구부 아이들도 뒤따랐다.

오인학 감독은 여관에 도착하자마자 주인아주머니와 얘기를 잠깐 나누고는 여기저기 전화를 돌렸다. 아이들은 훈련을 쉰다는 생각에 신이 나면서도 눈치가 보이기는 하는지 조용히 방으로 들어갔다. 하지만 한준수와 차동석은 슬금슬금 부엌 쪽으로 향했다. 마침 석유풍로를 켜고 있던 주인아주머니가 둘을 보고 말했다.

"거기 풍로에 양은솥 좀 올려 불어라잉. 인자는 팔이 아파 가꼬 무거운 것은 도무지 못 들겠다잉."

"네."

둘은 물이 가득 든 양은솥을 들어서 풍로 위에 올렸다. 다이얼을 돌려 불을 최대한 키운 주인아주머니가 이번에는 아궁이 안에 장작을 쑤셔 넣었다. 한준수가 그 옆에 쪼그리고 앉아서 조심스럽게 물었다.

"그런데 감독님이 어디로 저렇게 전화를 하시는 거예요?"

"그게 말이다."

깊은 한숨을 쉰 주인아주머니가 말했다.

"광주 분위기가 영 뒤숭숭해 불어서 화순으로 도로 들어가자고 혔는디, 차편을 못 구하고 있당께. 뻐스는 아예 운행을 안 해 블고 택시로는 사람 다 실어 보낼 수도 없고 말이여. 이거 뭔, 맘이 조마조마해 죽겠다잉."

"그럼 우리 여기 갇힌 거예요?"

"저그 저 골목 끝 집 보이제? 거그가 조선대 학생이 산디, 서울서 데모하던 대학생들 다 잡혀가고 난리나 브렀다 하드라. 그 학생이 집에다가도 절대로 나오지 말라고 혀 놓고는 학교로 갔다는 것이여."

"데모하면 다 잡아가는 거예요?"

"군인들이 정권 잡겄다고 설치고, 민주주의를 아예 짓밟아 블라 한께 데모라도 안 할 수가 있어야제. 세상이 좀 나아진가 했는디, 도로 거꾸로 가 블라 하는 것 같아서 으짤란가 모르겄다.

아조 걱정이다야."

주인아주머니의 얘기를 듣고 있는데, 밖에서 오인학 감독이 전화기를 붙잡고 화내는 목소리가 들렸다. 주인아주머니가 두 사람에게 얼른 나가라는 손짓을 했다.

"얼른 가서 짐 챙겨라. 아줌마가 맛난 밥 해 줄 테니께 손만 씻고 기다리랑께."

"네."

부엌에서 나온 둘은 대청에 멍하게 걸터앉아 있는 오인학 감독을 봤다. 고등학교에 들어온 이후 1년 넘게 알고 지냈지만 이렇게 낙담하고 절망한 모습은 처음 봤다. 두 손으로 얼굴을 감싼 오인학 감독이 낮은 목소리로 중얼거렸다.

"망할, 어쩌지."

그 모습을 본 한준수는 어제 안지철에게 들은 얘기가 떠올랐다. 낌새를 눈치챈 차동석이 슬쩍 물었다.

"너 지금 무슨 생각 하고 있어?"

"지철이 형 있잖아."

"어제 우리 데려다준 대학생 형 말이지."

"그래, 그 형네 목재소에 삼륜차 있다고 했잖아. 딸딸이."

한준수의 얘기를 들은 차동석이 얼굴을 찌푸렸다.

"야, 그걸 빌리자고?"

"일단 광주만 벗어나면 되는 거 아니야."

"태워 주겠냐고, 어제 한 번 봤는데 말이야."

"그래도 말은 해 볼 수 있잖아."

한준수와 차동석이 옥신각신하는 사이, 오인학 감독이 갑자기 일어났다. 오인학 감독은 부엌으로 향했다. 부엌문 옆에 찰싹 붙은 두 사람의 귀에 오인학 감독의 목소리가 들렸다.

"아주머니, 저 터미널에 좀 갔다 올게요."

"버스표 없다며?"

"가서 누구 멱살이라도 잡고 얘기해 보게요. 이러다가 우리 애들한테 문제 생기면 저는 못 삽니다."

"말리지는 못하겠다잉. 큰길로 가지 말고 조심해서 다녀와."

"금방 갔다 올 테니까 애들 못 나가게 좀 해 주세요."

"그래, 걱정 말고 다녀와라잉. 내가 밥도 해 먹일게."

부탁한다는 말을 남긴 오인학 감독이 부엌을 나와 대문 밖으로 나갔다. 문이 닫히기 직전 한준수가 쏜살같이 뛰쳐나갔다. 그걸 본 차동석도 후다닥 달려 나갔다. 주인아주머니는 두 아이가 밖으로 나갔다는 걸 전혀 눈치채지 못했다. 여관 밖으로 나온 한준수는 어젯밤에 안지철에게 들은 얘기를 중얼거렸다.

"큰길로 나가서 하천을 따라 오른쪽으로 직진하고 복개상가 끝 다리를 건너서 동광마트 옆이라고 했지. 화순목재."

옆에서 차동석이 맞다고 하면서 덧붙였다.

"큰길은 위험하다고 했잖아."

"일단 가 보자."

둘은 큰길 옆에 있는 골목으로 들어가 걸었다. 시내는 정말 태풍의 눈처럼 고요했다. 대부분의 가게들은 셔터를 내렸고, 오가는 사람도 거의 보이지 않았다. 둘은 약속이나 한 것처럼 빠른 걸음으로 움직였다.

그러다 갑자기 들려온 함성에 놀라서 그대로 굳어 버렸다. 다행스럽게도 골목길 끝에 보인 것은 태극기를 든 시위대였다. 신군부를 규탄하고 정치인들을 석방하라는 구호를 외치는 시위대는 어제 두 아이가 있었던 전남도청 방향으로 행진하고 있었다. 한준수가 가슴을 쓸어내리며 말했다.

"진짜 큰일이 나긴 나는가 보네."

시위대가 지나간 후 다시 적막함과 고요함이 찾아왔다. 둘은 조심스럽게 골목길을 따라 걷다가 마침내 하천에 이르렀다. 하천 위로 '양동복개상가'라는 간판이 붙은 상가 건물이 커다랗게 자리 잡고 있어서 다리라는 느낌이 별로 나지 않았다. 전봇대 뒤에서 여기저기 살펴보던 차동석이 팔꿈치로 한준수의 옆구리를 쳤다.

"저기, 동광마트!"

"어디?"

"저기 다리 건너에 보이잖아. 저 옆에 있는 게 화순목재 같아."

차동석이 가리킨 곳을 본 한준수가 주변을 살피며 말했다.

"가 보자. 잘 따라와."

둘은 빠른 걸음으로 양동복개상가 앞을 지났다. 2층으로 된 상가 건물 옆에는 시장도 있었는데 거기에도 사람들이 보이지 않았다. 다리를 건넌 둘의 눈에 화순목재 간판이 보였다. 그리고 목재소 앞에는 안지철이 얘기한 삼륜차가 서 있었다.

"찾았어. 제대로."

한준수가 주먹을 불끈 쥐었다. 때마침 안지철이 널빤지를 들고 목재소 밖으로 나왔다. 삼륜차의 짐칸에 널빤지를 싣고 돌아선 안지철은 둘을 보고는 깜짝 놀랐다.

"야! 느그들."

"형!"

한준수와 차동석이 거의 동시에 외치자 안지철이 어서 오라는 손짓을 했다. 둘을 목재소 안으로 데리고 들어온 안지철이 물었다.

"아직도 안 갔냐? 어제 느그 감독님한테는 얼른 돌아가시는 것이 좋겠다고 말씀드렸는디야."

주저하던 한준수가 떨리는 목소리로 말했다.

"그게, 돌아가는 차편을 구하지 못했어요. 감독님은 여기저기 전화해 보시다가 터미널로 가셨고요."

"그란디 말이다. 계엄령이 더 확대된다는 소문이 막 돈다."

"그게 뭔데요?"

"비상 상황이 되믄 군대가 정부를 대신하는 것은 알지? 지금은 제주도가 계엄 지역에 안 들어가 있어 가꼬 군인들이 함부로 못 움직인디, 그걸 아마 확장하려는 것 같어야."

"군대가 정부를 장악하면 어떻게 되는 건데요?"

한준수의 물음에 안지철이 안경을 끌어 올리며 대답했다.

"또 어둠이 찾아오는 거지. 박정희 대통령이 오래 해 먹었던 것처럼 말이다."

"말도 안 돼요. 어떻게 그런 일이 또 벌어질 수 있어요?"

"다들 설마설마했는디, 일이 이라고 벌어져 브렀잖냐. 다들 인자는 봄이 오는 줄 알았는디, 이건 뭐……. 거꾸로 살얼음판이 되어 브렀어."

잠시 고민하던 안지철이 두 아이를 바라봤다.

"있어 봐라잉. 아부지한테 혹시 삼륜차 쓸 수 있을란가 말해 볼랑께."

장갑을 벗은 안지철이 안쪽에 있는 작은 가건물로 들어갔다. 둘은 조마조마한 심정으로 그곳을 바라봤다. 안에서 조금 격앙

된 목소리가 들렸다. 그리고 잠시 후에 고개를 떨군 안지철이 걸어 나왔다. 얘기가 잘 안 된 모양이라고 짐작한 한준수는 차동석에게 돌아가자는 눈짓을 했다. 그때, 가건물에서 기름때와 톱밥이 잔뜩 묻은 작업복 차림을 한 안지철의 아버지가 나왔다. 그는 안지철에게 무어라 소리치더니 자동차 열쇠를 던졌다. 돌아서서 열쇠를 받은 안지철이 고맙다고 하자 그의 아버지가 대답했다.

"외갓집에 가서 며칠 있다 와라잉. 알았제."

알겠다고 대답한 안지철이 신난 표정으로 둘을 바라봤다.

"가자."

"어떻게 된 거예요?"

"걍, 아부지가 간 김에 며칠 있다가 오라 안 그라시냐. 싫다고 해가꼬 말다툼을 좀 했어야."

"왜 며칠 있다가 오라고 하신 거예요?"

"여기 분위기 안 좋아질까 싶어서 그라신 것이제. 이해는 된디, 쯧."

대수롭지 않게 대꾸한 안지철이 삼륜차의 문을 열고 운전석에 앉았다.

한준수와 차동석이 조수석에 나란히 앉자 안지철이 시동을 걸면서 말했다.

"꽉 잡아라잉."

덜덜거리며 출발한 삼륜차는 양동복개상가 앞을 지나서 오른쪽으로 방향을 틀었다. 중간에 시위대와 마주치자 안지철이 경적을 빵빵 울리며 창밖으로 손을 내밀고 흔들었다. 그러자 시위대도 환호성을 지르며 길을 비켜 주었다. 순식간에 성운장이 있는 골목 앞까지 도착한 안지철이 말했다.

"차 돌릴랑께 느그도 언능 짐 챙겨서 나와라잉. 그란디 다 하믄 몇 명이냐?"

한준수가 조수석의 문을 열며 대답했다.

"감독님까지 열여섯 명이요."

"그라믄 감독님은 앞에 타시고, 나머지는 뒤에 올라타믄 쓰겄다. 언능 갔다 오랑께."

"네."

삼륜차에서 내린 한준수와 차동석은 골목길을 달려갔다. 때마침 고개를 숙인 채 맞은편에서 걸어오던 오인학 감독과 마주쳤다. 소리에 고개를 든 오인학 감독은 웃고 있는 둘을 보고 어딜 놀러 갔다 온 것으로 오해해서는 욕설을 퍼부으며 날아 차기를 했다. 하지만 둘이 발길질을 피해 양쪽 벽에 붙어 버리자 그대로 바닥에 떨어지고 말았다.

"아이고."

엉덩이를 만지작거리는 오인학 감독에게 한준수가 말했다.

"차를 구해 왔어요."

"뭐라고? 너희들이 어떻게?"

"어제 만난 형이 삼륜차를 몰고 와 줬어요. 화순까지 데려다 준다고 했어요."

"진짜?"

방금 전까지 아프다고 울상을 지었던 오인학 감독이 벌떡 일어나며 골목길 입구를 바라봤다. 삼륜차의 짐칸이 보였다. 오인학 감독이 두 아이를 끌어안았다.

"아이고, 터미널에도 표가 없다고 해서 하늘이 무너진 줄 알았는데 진짜 솟아날 구멍이 생겼네."

한준수와 차동석은 기뻐하는 오인학 감독의 품에 안겨서 숨도 제대로 쉬지 못했지만 그만큼 뿌듯하기도 했다. 둘을 데리고 여관 안으로 들어간 오인학 감독이 마당 한복판에 서서 외쳤다.

"다들 짐 챙겨서 나와!"

그 소리에 설거지를 하던 주인아주머니가 밖으로 나왔다.

"아니, 차편이 없담서?"

그러자 오인학 감독이 한준수와 차동석의 어깨에 손을 올리며 대답했다.

"아, 요놈들이 차를 구해 왔지 뭡니까?"

"오매! 참말로 다행이네. 아이고, 진짜루 다행이여."

주인아주머니는 박수를 치며 기뻐하더니 눈물까지 글썽거렸다. 오인학 감독이 한준수와 차동석에게도 말했다.

"너희들도 얼른 짐 챙겨서 나와."

"네."

잽싸게 방으로 들어간 둘은 가방에 옷가지들을 욱여넣고 나왔다. 그사이에 다른 아이들은 이미 다 짐을 챙긴 상태였다. 축구공을 옆구리에 낀 오인학 감독이 옷소매로 눈물을 닦고 있는 주인아주머니와 작별 인사를 했다.

"내년에 봐요, 아주머니."

주인아주머니는 속상하고 아쉬워서 차마 말을 잇지 못하고 얼른 가라고 손만 내저었다. 대문을 열고 밖으로 나온 축구부 아이들은 골목길 입구에서 기다리고 있는 삼륜차를 보고는 환호성을 내질렀다. 운전석에서 나온 안지철에게 오인학 감독이 말했다.

"우리 애들을 살려 줘서 고맙네."

"뭣을 그란 것 가꼬요. 광주 사람들이 손님 대접은 확실히 한께요. 감독님은 조수석에 타시고, 아그들은 짐칸에 타라고 하믄 되겠습니다."

"그럽시다. 어차피 내가 무거워서 짐칸에 타면 차가 뒤집힐 테니까."

"여그서 가장 빠른 길은 전남도청 쪽으로 해서 전남대병원으로 쭉 나가믄 되기는 한디, 지금 상황이 좀 그랑께요. 그냥 잔 돌아가드라도 광주제일고 쪽으로 해서 광주천 따라 내려갈랍니다. 그것이 훨씬 안전할 것 같어요."

안지철의 얘기에 오인학 감독이 잘 부탁한다는 말을 했다. 그 사이에 축구부 아이들은 삼륜차의 짐칸에 탔다. 차가 생각보다 커서 열다섯 명의 아이들이 옹기종기 모여 탈 수 있었다. 제일 앞쪽에 탄 한준수가 장난 삼아 외쳤다.

"오라이!"

그러자 축구부 아이들이 까르르 웃었다. 운전석에 앉은 안지철이 외쳤다.

"출발한다! 꽉 잡아라잉."

삼륜차가 서서히 움직이자 아이들은 서로서로 잡아 주었다. 큰길로 나온 삼륜차는 광주제일고등학교를 지나 다리를 넘었다. 그리고 광주천을 따라 쭉 남쪽으로 향했다. 거리는 한산하면서도 폭발 직전의 긴장된 분위기가 느껴졌다. 축구부 아이들을 태운 삼륜차는 무사히 광주를 벗어나서 화순으로 향했다.

바짝 긴장한 채 주변을 돌아보던 아이들은 이제 웃고 떠들면서 농담을 주고받았다. 하지만 한 사람, 한준수만은 광주에서 무슨 일이 벌어질까 걱정이 가득한 얼굴이었다. 한준수는 옆자리에 앉은 차동석에게 물었다.

"전국 체전이 열릴까?"

"그러게, 어떻게 되려나?"

차동석의 대답을 들은 한준수가 한숨을 쉬었다.

"오늘이 며칠이지?"

손가락으로 날짜를 세어 본 차동석이 말했다.

"5월 17일."

5.18

ANTHOLOGY

양치기 소년

임지형

임지형
5·18, 그날의 이야기는 삶의 한편에서 늘 마음을 아리게 했습니다. 오래전 일이지만 시간이 지날수록 그 울림은 더 깊어졌고, 지금 이 시대에도 여전히 꼭 필요한 이야기가 된 것 같습니다. 오늘을 살아가는 이들과 그 마음을 나누고 싶습니다. 조심스럽지만 진심을 다해, 그날의 기억을 글로 옮겨 봅니다.
'본캐'는 작가, '부캐'는 마라토너. 매일 10km씩 달리는 걸 세상 어떤 것보다 사랑하고, 새로운 일을 해 보는 걸 좋아합니다. 지은 작품으로는 〈유튜브 스타 금은동〉 시리즈와 《푸하하 달리기 클럽》《세상에서 가장 가난한 편의점》《늙은 아이들》《방과 후 초능력 클럽》《우리 반 욕 킬러》《고구마 선거》 등이 있습니다.

1.

꽃 피는 춘삼월이 지나고 5월이 되었는데도 아침이면 여전히 쌀쌀했다. 어깨를 한껏 움츠리고 막 교문 안으로 들어서려는데, 누군가 내 어깨를 툭 쳤다.

"어이, 양치기. 같이 가자!"

어깨에 닿는 손맛이 맵싸하면서 익숙했다. 역시, 몸을 돌려 보니 명섭이었다. 나는 바로 명섭이를 가자미눈으로 째려봤다.

"아이 씨, 아프자네!"

"아프냐? 나 살살 때렸는디? 하기야, 울 엄마가 그러는디 내 손이 아부지 닮아서 좀 맵기는 하다고 하더라."

명섭이가 웃으며 어깨를 들썩일 때마다 풀어 헤친 교복이 풀럭거렸다. 국민학교 땐 안 그러더니 중학교에 들어와선 무슨 멋이 들었는지 한 번도 교복을 제대로 입는 법이 없었다.

"야, 근디 니 어제 뺏긴 건 찾았냐?"

진짜 궁금해서 묻는 건지, 아니면 약 올리려고 묻는 건지 명섭이는 내 표정을 살피며 물었다. 나는 대답도 귀찮아 고개를 내저었다. 다시 생각해도 짜증부터 치솟았다.

지난주에 광주에서 대학을 다니는 막내 외삼촌을 만났다. 외삼촌은 엄마와는 나이 차가 많이 나지만, 나하고는 겨우 여섯 살 차이라 함께 다니면 사람들이 내 형인 줄 오해하곤 한다. 사실 난 세 살 위인 진짜 형보다 외삼촌을 더 좋아한다. 외삼촌이 좋은 이유는, 말하자면 숨이 가쁠 만큼 많지만, 그래도 콕 집어서 말하라면 내가 뭘 좋아하는지를 잘 알아서다.

나는 아주 어릴 때부터 책 읽는 걸 좋아했다. 책을 읽고 있으면 심심하지 않았고, 무엇보다 현실과 달라서 좋았다. 그 맛을 처음 알게 해 준 게 외삼촌이었다. 외삼촌은 우리 집에 올 때마다 내가 읽을 만한 책을 꼭 챙겨 왔다. 이번에도 그랬다. 세계 문학 전집에 있는 《파우스트》라는 책을 가져와 내게 빌려줬다.

"외삼촌, 이건 뭔 이야기여?"

"음…… 이 책은 신과 악마가 '파우스트'라는 학자를 두고 내기를 하면서 벌어지는 이야기인디, 재밌어. 한번 읽어 봐. 이제 중학생이 됐으니 이런 책도 읽어 보면 좋을 것이다."

외삼촌이 짤막하게 말해 준 줄거리는 꽤 재밌게 들렸다. 그래서 나는 그 책을 학교에 가져왔고, 내가 싫어하는 수학 시간에 읽으려다가 선생님에게 들켜 버렸다.

"있자네, 우리 큰성이 느그 막내 외삼촌 핵교에서 봤다더라."

"우리 외삼촌을?"

"잉. 과가 다르니께 한 번도 본 적이 없었는디, 이번에 느그 외삼촌이 대자보 같은 걸 붙이고 다녀서 봤다는디?"

나는 대답 없이 고개만 끄덕거렸다. 외삼촌이 다니는 학교를 가 본 적은 없지만, 엄마가 말하길 중학교와는 비교가 안 되게 크다고 했다.

"신기허다. 으찌케 핵교에서 봤대? 그라고 대자보는 뭐대?"

"아따, 그거 안 있냐? 벽보 같은 거. 대학교에선 그걸 대자보라 한다더라. 근디 울 성이 그런디 느그 외삼촌 겁나 글을 잘 쓴가 보더라. 붙여 놓은 대자보 보고 공감하는 사람이 많디야."

"아!"

어쩌면 그건 맞는 말일지도 모르겠다. 내가 아는 외삼촌은 책을 많이 읽기도 하지만, 글도 많이 쓰고 잘 쓴다. 그런 외삼촌이 멋있어서 나도 따라 해 보았지만 턱도 없었다. 그런데 외삼촌은 대자보에 무슨 글을 쓴 걸까?

"야야, 저그 수학 보인다."

명섭이가 내 옆구리를 쿡쿡 찔렀다. 본관 현관문으로 수학 선생님이 들어가는 게 보였다. 나는 명섭이를 한번 돌아보고 내 가방을 명섭이의 품 안으로 밀어 넣었다.

"명섭아, 내 가방 교실로 가져가. 나 얼른 선생님한테 가서 책 받아 갈랑게."

명섭이는 얼떨결에 내 가방을 받아 들고선 어이없어했다. 그러거나 말거나 나는 냅다 수학 선생님이 향하는 본관 쪽으로 뛰었다. 오늘은 기필코 책을 찾아갈 참이었다. 외삼촌이 다음에 만날 때까지 읽어 두면 멋진 선물을 줄 거라고 했으니 하루빨리 읽어야 했다.

하지만 내 기대와 바람은 수학 선생님 앞에 서자 바늘에 찔린 풍선처럼 푹 꺼지고 말았다.

"이따 수업 다 끝나고 와."

"왜라?"

"왜긴 뭐가 왜여? 니 주면은 또 수업 시간에 읽을 거 아니여? 그랑께 끝나고 와."

"아따, 어제도 그래 놓고 가셔 붓자네요."

나는 두 눈에 힘을 빡 주고 콧김을 내뿜으며 수학 선생님을 쳐다봤다. 이젠 선생님을 믿을 수가 없었다. 분명 어제도 똑같은 말을 했지만, 수업이 끝난 후 교무실에 책을 찾으러 갔을 땐 잘 정리된 책상과 빈 의자만이 나를 기다리고 있었다.

"아따, 이 새끼가 잘하면 선생 잡아먹겠네. 언능 교실로 안 가나?"

급기야 선생님은 내 귀를 잡아당기면서 윽박질렀다. 잡힌 귀와 눈가가 금세 뜨끈해졌다. 툭하면 무력을 행사하는 수학 선생님이 미웠고 걷잡을 수 없이 화가 났지만…… 지금은 잡힌 귀가 더 아팠다.

"아아아! 아파요."

"그믄 내가 지금 아프라고 한 거지, 니 좋으라고 이러겄냐?"

결국 나는 책은커녕 귀만 잡혀 얼굴이 벌게진 채 교실로 돌아왔다. 명섭이가 곧장 내 앞으로 다가왔다. 그러고는 내 빈손을 흘끔 바라보더니, 안됐다는 듯 '쯧쯧' 소리를 냈다.

"긍게, 책을 왜 가져와 가꼬."

그 소리를 들으니 속이 더 부글거렸다. 나는 보란 듯이 거칠게 의자를 빼서 '탁' 소리가 나게 앉았다. 불난 집에 부채질하는 것도 아니고 뭐람. 그나저나 외삼촌이 이번 주에 온다고 했는데, 그때까지 책을 다 읽을 수 있을까? 아무래도 쉽지 않을 것 같았다. 그 생각을 하니 수학 선생님이 어느 때보다도 더 밉게 느껴졌다.

2.

"아아아안 돼!"

이부자리 옆으로 다리 하나가 툭 떨어지면서 눈이 번쩍 떠졌다. 동시에 방문이 벌컥 열리며 엄마의 목소리가 뛰어들었다.

"안 일어나고 뭐 하냐? 언능 인나야?"

엄마는 나를 깨우고 다시 문을 닫았다. 나는 벌떡 일어나 주위를 두리번거리며 시간을 확인했다. 7시 반이 넘어 있었다. 후다닥 일어나 세숫대야에 물을 담았다. 찰방찰방 물속에 흐린 하늘이 담겨 있었다.

"아, 진짜 이상한 꿈을 꿔서는……."

나는 방금 전까지 꾸었던 꿈을 떠올리며 구시렁댔다. 이런 꿈은 처음이라 기분이 묘했다. 꿈 내용이 말도 안 됐다. 낯선 아저씨가 풍선껌을 주었는데, 그 껌을 씹어서 풍선을 불었더니 내 몸이 둥둥 하늘을 떠다니기 시작했다. 그게 너무 신기한 나머지, 꿈에서도 풍선껌으로 하늘을 날았다고 하면 누가 믿을까 생각했다. 친구들은 내 말이면 무조건 거짓말이라고 하니까. 내 별명은 '양치기 소년'이다. 내가 아무리 꿈 이야기나 책에서 본 내용을 그럴싸하게 잘 말한다고 해도, 이건 너무한 별명이다.

나는 서둘러 교복을 입고 학교 갈 준비를 했다. 아침밥을 뜨는 둥 마는 둥 하고, 후딱 가방을 들고 운동화를 찾았다. 어제 아무렇게나 벗어 놓았는데, 댓돌 옆에 운동화가 얌전히 정리되어 있었다.

"엄마아!"

나는 운동화를 신다 말고 엄마를 불렀다. 하지만 엄마는 내가 부르는 소리를 듣지 못했는지 대답이 없었다.

"엄마아아!"

다시 한번 목소리를 돋우어 부르자, 부엌에서 엄마가 나와 소리를 질렀다.

"언능 핵교 안 가고 뭐 하나?"

"이거!"

나는 오래 신어서 너덜너덜해진 운동화를 들어 엄마에게 보여 줬다. 처음 살 땐 선명한 'M' 자가 보였던 운동화 옆면의 글자가 본래 색이 어땠는지도 모르게 더러워져 있었다.

"그것이 왜?"

"아, 아니, 신발이 너무 낡아서 비 오면 샌단 말이여. 나 신발 사 주면 안 된가?"

"안 그려도 저번 참에 느그 외삼촌이 니 생일 선물로 운동화 사 주라고 돈 주고 갔응게, 이번 주 반갱일에 장에 가서 사자. 언능 핵교나 가."

나는 눈을 휘둥그레 뜨고 엄마를 바라보았다. 혹시 외삼촌이 말했던 선물이 이거였나? 아까 일어났을 때만 해도 천근만근이던 몸이 꿈속에서 풍선껌 풍선을 탔을 때처럼 훨훨 날 것 같았다. 그 덕에 발걸음이 가벼워져 나도 모르게 깨춤을 췄다.

깨춤 출 일은 또 있었다. 막 학교 복도에 들어섰을 때 수학 선생님을 만났다. 어제도 수업이 끝난 뒤 찾아갔지만 선생님은 자리에 없었다. 지금이 바로 뺏긴 책을 되찾을 기회였다.

"선생님요!"

"왜?"

"저기…… 어제…… 그니까 책…… 저…… 어제도……."

"아, 맞다. 따라와."

선생님은 웬일로 잔소리 없이 교무실로 앞장섰다. 그 뒤를 쭈뼛거리며 조심히 따라갔다. 선생님은 어제와 달리 곧바로 책을 내주었다.

"니 수업 시간에 또 읽으면 국물도 없다. 알겠나?"

물론 한마디 보태는 건 잊지 않았지만, 그게 대수랴 싶었다. 일단 내 손에 책이 들어왔으면 그걸로 된 거였다. 이제 외삼촌이 올 때까지 책만 읽어 두면 된다. 책을 되찾은 뒤 일주일은 금방 지나갔다.

토요일 오전 수업을 마친 후 나는 부리나케 시장으로 갔다. 오늘은 드디어 엄마가 새 운동화를 사 주기로 한 날이다. 그 말은 내 생일이 곧이라는 뜻이기도 했다. 처음이었다. 엄마가 생일 전에 이렇게 선물을 준비해 주는 것은. 사실 엄연히 따지자면 엄마가 아니라 막내 외삼촌이 사 주는 것이긴 하지만.

내 생일은 5월 20일이다. 순천에서 고등학교를 다니고 있는 형과 열흘 차이가 나는데, 엄마는 늘 형 선물은 준비하면서 내 선물은 빼먹곤 했다. 그래서 생일 즈음엔 언제나 입이 댓 발 나와 있었는데, 이번엔 그러지 않아도 되었다.

"엄마!"

엄마는 시장 입구에 서서 나를 기다리고 있었다. 나는 멀리서부터 엄마를 보고 손을 흔들었다.

"언능 가즈아."

나는 쫄랑거리며 엄마를 따라갔다. 생일까지 며칠 더 남았지만 오늘이 꼭 생일 같았다.

시장 안으로 들어가자 특유의 분주함이 느껴졌다. 마음이 더욱 붕 떠올랐다. 아침부터 깨춤을 추었더니 마침 배가 고픈 참에, 어디선가 짜장면 냄새가 났다.

"엄마, 나 짜장면 사 주면 안 돼?"

"집에 가면 밥 있는디 뭔 짜장면이여?"

엄마가 타박하듯 나무라더니 시장 중간쯤에 있는 중국집을 슬쩍 봤다. 사람들이 짜장면을 맛있게 먹고 있는 모습을 보자 마음이 달라진 건지 엄마가 나를 돌아봤다.

"생일날은 뭐 없다잉?"

나는 고개를 크게 끄덕거렸다. 그러자 엄마가 성큼 중국집으로 걸음을 옮겼다.

허겁지겁 짜장면을 먹고 나와 신발 가게로 향했다. 드디어 새 운동화를 산다는 기쁨과 더불어 시장 안 상인들과 손님들의 활기가 내 마음을 한껏 들뜨게 했다.

"엄마, 나 뭔 운동화 사 줄 거여?"

"뭐 신고 싶은디?"

엄마가 시장 물건들을 이것저것 살펴보면서 물었다. 나는 엄마가 다른 신발은 언급도 하지 못하도록 엄마 옆으로 바짝 붙어 내가 원하는 신발 메이커를 말했다.

"나 프로스펙스! 프로스펙스 신고 싶은디."

"그것이 뭐대?"

"프로스펙스라고, 요새 친구들이 많이 신는당게. 겁나게 좋아 부러."

"일단 가 보자. 있으면 사는 것이고, 없으면 그냥 발 편한 것으로 사야제."

엄마가 내 손을 잡고 신발 가게로 갔다. 하지만 첫 가게엔 내가 원하는 프로스펙스가 없었다. 나는 다른 신발은 거들떠보지도 않고 가게를 나와 시장 끝에 있는 또 다른 신발 가게로 갔다. 엄마가 나를 보며 유난이라는 듯 웃었다.

"엄마! 찌그 신발 있는디?"

가게에 들어가자마자 보이는 프로스펙스 운동화 덕분에 내 입은 이미 헤벌쭉 벌어졌다. 엄마는 주인에게 신발을 달라고 했고, 주인이 꺼내 온 운동화는 내 발에 딱 맞았다. 빨간색 프로스펙스는 지금까지 신은 신발 중에 최고로 멋졌다.

"이거! 이거로 신을 거여."

나는 아예 양쪽을 다 신은 채 벗을 생각도 안 했다. 엄마는 못 말린다는 듯 고개를 내저으며 바로 값을 지불했다. 나는 제자리에서 이리저리 신발을 살피다가 밖으로 나갔다.

"엄마, 나 찌그 한번 갔다 와도 돼?"

나는 시장 뒤쪽으로 나 있는 길을 가리켰다. 그러자 엄마가 피식 웃으며 한마디 했다.

"어지간히 좋은 갑네. 그럼 엄마는 장 좀 보고 있을랑게, 갔다가 찌그 앞에서 다시 보자."

"히히, 알겄어. 댕겨올게."

나는 경중경중 뛰어갔다. 새 운동화를 신은 기분은 무엇과도 비교할 수 없을 만큼 행복했다.

3.

"새 신을 신고 뛰어 보자, 팔짝! 머리가 하늘까지 닿겠네."

입에선 나도 모르게 흥얼흥얼 노래가 흘러나왔다. 새 운동화를 신어서인지 힘 하나 들이지 않았는데도 발이 앞으로 쭉쭉 나갔고, 폴짝폴짝 뜀박질까지 가벼웠다. 내년 생일도 꼭 올해만 같았으면 싶었다.

"어?"

폴짝폴짝 뛰어가다 보니 어느새 시장 끝자락에 다다랐다. 나는 잠시 그곳에 서서 한산한 도로를 봤다. 오늘따라 사람도, 차도 보이지 않았다. 그래서인지 건너편에 있는 2층짜리 경찰서가 유독 크게 보였다.

"필승!"

정문 앞에 서 있는 보초병이 입구로 들어서는 한 경찰에게 경례를 붙였다. 어깨에 걸린 곤봉이 따라 움직였다. 그 경찰은 급하게 경찰서 안으로 뛰어 들어갔다. 나는 그 모습을 멀뚱멀뚱 바라보다가 몸을 돌렸다. 이 시간쯤이면 엄마가 장을 다 봤을 것 같았다.

나는 도로 시장 안으로 들어가려다가 제자리에 멈춰 섰다. 뭔가 이상한 게 보였다. 내가 잘못 봤나? 몸을 돌려 다시 왼편을 확인했다. 저 멀리 탱크 한 대가 오고 있는 게 보였다.

"탱크다!"

놀란 나머지 나도 모르게 소리쳤다. 세상에! 내 눈앞에 탱크가 있었다. 국민학교 시절, 반공 글짓기나 반공 포스터를 그려야 할 때마다 희한하게 꿈에 탱크가 나타났다. 실제로 한 번도 본 적이 없는데도 꿈에 보이면 옴짝달싹 못 하고 얼곤 했다. 그런데 내가 사는 동네에 탱크라니. 믿기지 않아 한쪽 볼을 꼬집었다.

"아얏!"

살짝 꼬집었는데도 아팠다. 그렇다면 이건 꿈이 아니라는 소리였다. 그런데도 이상하게 눈앞의 탱크는 현실감이 없었다. 그 사이 군용 트럭 한 대도 뒤따라왔다. 트럭에서 군인 몇 명이 내려 경찰서 앞에 서 있는 보초병에게 무어라 말을 건넸다. 곧이어 아까 경찰서 안으로 들어갔던 경찰이 밖으로 뛰어나왔다. 나는 그 광경을 넋 놓고 보고 있었다.

"정호야!"

멀리서 날 부르는 소리가 들렸다. 얼른 뒤를 돌아봤다. 시장 중간에서 엄마가 날 부르며 손짓하고 있었다. 나도 엄마를 향해 손을 흔들어 보였다.

나는 곧장 엄마 쪽으로 걸음을 떼려다가 탱크가 멈춰 있는 곳으로 다시 고개를 돌렸다. 군인과 경찰이 긴박하게 말을 주고받는 중이었다. 그 모습을 보니 괜히 오금이 저렸다.

'설마 전쟁이 난 건 아니겠지?'

아까 새 운동화를 신고 뛰던 가벼운 발걸음과는 달리, 돌아가는 길은 영 걸음이 떼어지지 않았다. 마음 같아선 탱크 앞에 있는 군인들에게 혹시 전쟁이 난 것이냐 묻고 싶었다.

엄마가 있는 곳까지 갔더니 근처 생선 가게 주인이 고등어 한 마리를 들고 소리쳤다.

"여그 고등어가 겁나 좋응게 들여가씨요!"

그러자 장을 보던 아주머니들이 우르르 그쪽으로 몰려가 고등어와 다른 생선을 구경했다.

"물 좋응게 믿고 가져가란 말이요."

"아따, 성성한 건 알겄는디 쫌 비싸구만. 깎아 주믄 안 되겄소?"

바로 옆 과일 가게에선 한 아주머니가 덤을 더 달라며 소리치고 있었다. 그 모습을 보니 좀 전에 봤던 탱크는 꿈속에서 본 것처럼 아스라해졌다.

"언능 집에 가자."

엄마가 내 헌 운동화가 들어 있는 봉지를 건네며 말했다. 나는 덥석 봉지를 받아 엄마 뒤를 쫄래쫄래 따라갔다. 시장 안은 아까보다 더 왁자지껄 소란스러웠고, 나는 시장을 빠져나갈 때까지 아무 말도 하지 않았다.

엄마와 나는 집으로 가는 버스를 타려고 정류장으로 향했다. 버스는 30분에 한 대씩 오는데, 정류장엔 버스를 기다리는 사람이 한 명도 없었다. 나는 버스 시간을 확인하고 엄마를 불렀다.

"엄마!"

"왜?"

엄마는 지갑 안을 들여다보며 건성으로 대답했다. 아까 봤던 거짓말 같은 풍경을 엄마에게 말해야 하나 말아야 하나 망설여졌다. 그러자 엄마가 지갑을 탁 닫으며 나를 돌아봤다.

"왜 불러 놓고 말이 없냐?"

"그, 그게……."

선뜻 입 밖으로 말이 나오지 않아 엄마 눈치를 봤다. 그때, 저 멀리에서 버스가 탈탈거리며 이쪽으로 오고 있는 게 보였다.

"엄마, 전쟁 나면 우린 으찌케 된가?"

"그게 뭔 소리여?"

"아니, 아까 경찰서 앞에서 탱크 봤당게. 탱크가 온 것 보면 전쟁 나는 거 아니여?"

"야가 시방 뭐라는 거여? 쓰잘데기 없는 소리 그만하고 짐이나 잘 챙겨. 뻐스 온다."

엄마는 일고의 가치도 없다는 듯 딱 잘라 말했다. 버스가 우리 앞에 섰다. 엄마가 먼저 버스 안으로 들어갔고, 난 엄마 꽁무

니를 따랐다. 기분은 나빴지만 아무 일도 없는 게 더 나았다.

버스에서 내려 집으로 향했다. 우리 집이 있는 골목엔 다섯 가구가 산다. 그중엔 한 집만 빼고 다 내 또래들이 있다. 막 골목 안으로 들어섰는데, 마침 지섭이와 다른 아이들이 골목에 나와 놀고 있었다.

"엄마, 나 쪼께 놀다 들어가면 안 돼?"

"하튼간, 맨날 놀기만 해 쌌고. 알겄웅게 그믄 쪼까만 놀다 들어와라잉."

엄마는 장바구니를 들고 먼저 집으로 갔다. 나는 지섭이와 아이들에게 다가갔다.

"니 어디 갔다 오냐?"

지섭이가 나를 보며 물었다.

"우리 엄마가 생일 선물 사 줬어. 이것 봐!"

나는 아이들이 새 운동화를 볼 수 있게 한 발을 들어 보였다.

"아따, 너 프로스펙스 샀냐?"

이번엔 광우가 말했다.

"우리 막내 외삼촌이 내 생일 선물로 사 주라 했다 안 하냐."

"아따, 누구는 좋겄네. 우리 집엔 맨 이모밖에 없는디. 니는 좋겄다."

지섭이가 부러운 듯 신발을 보며 입맛을 다시더니 한번 벗어 보라고 했다. 나는 지섭이에게 한쪽 신발을 신어 보게 했다. 그러자 광우도 다른 한쪽 신발을 벗어 달라고 난리였다.

"야아, 프로스펙스가 이쁘긴 이쁘다잉."

"그라제? 나도 처음 신어 봤는디 겁나게 좋아야."

지섭이와 광우는 운동화를 도로 벗어 내게 줬다. 나는 다시 새 운동화를 신으며 아까 봤던 탱크를 떠올렸다.

"야야, 근디 큰일이여야."

"뭐시?"

지섭이가 나를 빤히 쳐다봤다. 나는 두 사람을 번갈아 보며 말했다.

"우리, 전쟁 날지도 몰라."

"그것이 뭔 헛소리여?"

광우가 시답지 않다는 듯 물었다.

"나 아까, 거시기 뭐냐, 탱크 봤당게."

"탱크야? 어디서야?"

"읍내 경찰서 앞에서 봤당게. 군인들도 있었고, 경찰 아저씨들이랑 뭐라고 말을 하는디, 아무래도 전쟁이 난 것 같아야."

나는 아까 봤던 일을 떠올리며 긴장이 서린 목소리로 말했다. 광우와 지섭이는 서로 눈빛을 교환하더니 동시에 나를 봤다. 역시 친구들은 엄마와 달랐다. 눈빛이 수긋한 걸 보니 내 말을 믿어 주는 게 분명했다.

"아따, 이 새끼는 누가 양치기 소년 아니랄까 봐 또 그짓말을 씨부리네. 니 또 뭔 책 봤냐? 쩌번에 수학한테 책 받았다더만 그 책에 나오는 야그여?"

"긍게, 나도 저 새끼 표정 보고 까딱허면 넘어갈 뻔했어야. 니는 진짜 야그 좀 작작 지어내라."

지섭이와 광우는 내 말을 믿지 않았다. 게다가 한술 더 떠서 내가 싫어하는 별명을 말하며 타박했다.

"아니랑께. 내 이 두 눈으로 똑똑허니 봤당게."

나는 억울한 맘에 말을 덧붙였다.

"아따, 니는 그것이 말이 된다고 생각허냐? 봐라야, 전쟁 끝난 지가 은제인디 전쟁 야그여? 어디 가서 그런 말 하덜 말어."

광우가 느물거리며 응수했다. 그러자 옆에 있던 지섭이도 말을 보탰다.

"야야, 말도 안 되는 소리 고만하랑게. 그나저나 니 생일 언제냐? 그때 맛있는 것 있냐?"

하기야 나도 내 눈으로 보면서 꿈같았으니 그럴 수 있다. 하지만 친구들의 반응은 쓸데없는 소리라는 엄마의 말보다 더 기분이 언짢았다. 왜 내 말은 죄다 거짓말이라고 하고 믿지 않는 거지? 아무리 내가 꿈이나 책 이야기를 그럴싸하게 잘 말해도 그렇지, 진짜인데도 왜 믿질 않냐고.

"됐어! 나 갈랑게, 비켜!"

나는 파르르 화를 내고 쌩하니 집으로 향했다. 뒤에 있던 지섭이와 광우가 뭐라고 구시렁대는 소리가 들렸다. 그러거나 말거나. 난 내 말을 무조건 거짓말 취급하는 애들하곤 더 이상 말도 섞기 싫었다.

4.

"내가 다시는 무슨 말 하는가 봐라잉. 새끼들이 뭐만 하면 그짓말이랴."

새 운동화를 사서 좋았던 기분은 친구들의 놀림 때문에 순식간에 짜증으로 변해 버렸다. 한두 번도 아니고 툭하면 거짓말쟁이 취급이라니. 그 녀석들은 친구도 아니다. 나는 한숨을 푹푹 내쉬면서 방바닥에 벌러덩 누웠다. 머리에 팔을 베고 천장을 바라보고 있으니 별안간 아까 마주쳤던 탱크가 떡하니 그려졌다.

"에이 씨!"

나를 '양치기 소년'이라며 거짓말쟁이로 몰고 간 친구들의 목소리도 들리는 듯했다. 나는 벌떡 일어나 윗목에 둔 가방을 끌어당겼다. 잡생각을 물리치는 데는 독서만 한 게 없었다.

난 외삼촌이 준 《파우스트》를 꺼냈다. 책을 펼치자 엉망이었던 기분이 조금 나아졌다. 나는 읽다가 멈춘 쪽부터 다시 읽기 시작했다.

악마인 메피스토펠레스는 파우스트가 반한 아가씨, 그레첸의 이웃집 여인을 찾아가 거짓말을 하는 중이었다.

「부인의 남편께서 돌아가셨습니다. 그 소식을 전하러…….」

「네? 제 남편이 죽었다고요? 그럴 리가 없어요!」

슬퍼하는 부인을 그레첸이 위로하자, 악마도 말을 보탠다.

「부인, 즐거움에는 슬픔이 따르고, 슬픔에는 즐거움이 따르는 법입니다.」

하필 잡념을 떨치기 위해 읽은 것이 거짓말하는 장면이라니. 나는 속으로 투덜대면서도 악마가 한 말을 곱씹어 봤다. 즐거움에는 슬픔이 따르고, 슬픔에는 즐거움이 따르는 법이라니. 왜인지는 모르겠지만 이 구절이 마음에 콕 박혀 자꾸만 생각났다. 그건 그렇고, 원래 거짓말을 일삼는 존재가 악마인 건가?

그렇게 생각하니 내가 무슨 말을 할 때마다 거짓말이라는 아이들의 말이 새삼 더 화가 났다. 난 악마가 아니다. 그리고 오늘 본 건 정말 사실이었다. 아니다, 어쩌면 내가 잘못 본 게 아닐까? 전쟁이 난 것도 아닌데 훤한 대낮에 탱크가 읍내까지 들어온다는 게 말이 되나? 그래, 내가 잘못 본 것이다.

이런저런 생각을 쉴 새 없이 하다 보니 생각에 체한 것일까? 갑자기 모든 게 신물이 났다. 나는 책 위에 엎드려 스르르 잠이 들어 버렸다.

"아야, 정호야, 인나 봐야."

얼마나 지났을까? 바깥은 이미 짙은 어둠이었고, 엄마가 나를 흔들어 깨웠다. 난 잠이 쉽게 깨지 않아 이맛살을 찌푸리며 정신을 차리려고 했다.

"왜 그란디?"

"언능 인나 보랑게."

나는 부스스 일어나 잘 떠지지 않는 눈을 찡그렸다. 그제야 나를 깨우는 엄마 뒤로 다른 사람이 서 있다는 걸 알아챘다.

"정호야, 니 낮에 읍내에서 탱크 봤다고 하더만, 참말이냐?"

"이예?"

"아따, 니가 아까 안 그랬냐? 전쟁 난 것 같다고."

이번엔 지섭이 목소리가 들렸다. 이제 보니 지섭이와 지섭이 엄마가 걱정 가득한 얼굴로 나를 뚫어져라 쳐다보고 있었다.

"그것이 궁게, 탱크는 봤는디요. 근디 그것이 왜라?"

"지섭이 아부지가 광주에 갔는디 여적 안 와서 말이여……. 탱크 야그 좀 자세히 말해 볼래?"

나는 지섭이를 쳐다봤다. 지섭이의 얼굴은 낮에 마주했던 것과 달리 아주 초췌해 보였다. 지섭이 엄마 얼굴도 마찬가지였다. 참 나, 양치기 소년이라면서 안 믿을 땐 언제고.

"긍게 아까 엄마랑 장에 갔을 때 경찰서 앞에서 탱크를 봤는디요. 군인들이랑 경찰 아저씨들이 심각한 얼굴로 야그하던디요. 근디 진짜 전쟁 났어라?"

"쓰잘데기 없는 소리 하덜 말어."

엄마가 인상을 쓰면서 내 등짝을 툭 쳤다.

"아따, 남원댁, 지섭이 아부지 별일 없을 것잉게 쫌만 더 기다려 보씨요."

"그라겄제라? 지도 걱정 안 하고 싶은디, 아까 저짝 아재가 이상한 소리를 하더란 말이요. 광주에서 일이 벌어진 것 같다고 안 하요. 지섭이 아부지가 하필 어제께 광주 갔다가 오늘 온다고 혔는디 여적 안 오니께 여그 가심팍이 뛰면서 아조 안절부절 가만 못 있게 만드요."

지섭이 엄마는 이제 거의 울 것 같은 얼굴로 엄마에게 하소연을 했다. 나는 그 옆에 있는 지섭이를 향해 "양치기 소년이라메?" 하며 작은 목소리로 말했다. 그러자 지섭이는 아무 말 않고 한숨만 푹 쉬었다.

"정호 엄마한테 미안하구만이라. 집에 가서 기다려 볼라요."

"그려, 언능 가 보소. 그라고 뭔 일 있으면 전갈혀고."

지섭이와 지섭이 엄마는 서둘러 집으로 돌아갔다. 나는 그때까지만 해도 더는 별일이 없을 거라 생각했다.

하지만…….

다음 날 아침이었다. 휴일이라 늦게 일어나도 되어 이불 속에서 뭉그적거리고 있는데, 마루에 둔 전화가 울렸다.

전화벨 소리는 요란하고, 또 끈질기기까지 했다. 마치 받을 때까지 해보자는 듯 계속 울려 댔다. 그런데 문제는 아무도 전화를 안 받는다는 거였다. 마루가 흔들리고 급기야 내 방까지 들썩거렸다. 시끄러워서 귀를 틀어막고 있다가 결국 자리에서 일어났다. 막 방문을 열고 마루로 나가려는데 전화벨 소리가 멈췄다. 그 틈으로 엄마 목소리가 들렸다.

"아침 댓바람부터 엄니가 웬일이다요? 예?"

엄마의 목소리 끝이 앙칼지게 갈라졌다. 심상치 않은 분위기에 나는 통화 내용에 귀 기울이게 됐다.

"그것이 뭔 소리다요? 난리가 났다는 말이 뭐다요?"

나는 슬금슬금 마루로 나가 큰방 앞에서 전화를 받고 있는 엄마 곁에 붙어 섰다. 엄마의 안색이 안 좋았다. 잔뜩 찡그린 미간, 수화기를 붙들고 있는 손등의 힘줄이 유난히 파래 보였다.

"아따, 엄니, 찬찬히 말해 보랑께요. 긍게 경식이가 며칠째 안 들어오고, 지금 광주는 난리가 났다고라?"

"엄마, 외삼촌이 왜?"

나는 엄마가 두른 앞치마 끈을 잡으며 작은 소리로 물었다. 평소라면 다 큰 애가 뭐 하는 짓이냐면서 혼부터 냈겠지만, 엄마는 아예 내 쪽을 보지도 않고 심각한 얼굴로 계속 통화를 했다. 나는 마른침을 꿀꺽 삼켰다. 외삼촌에게 무슨 일이라도 생긴 걸까? 다른 사람도 아니고, 막내 외삼촌 이름이 계속 나오니까 신경이 곤두섰다.

"알겄어라. 정호 아부지한테 한번 알아보라고 할 텡게, 엄니는 어디 나다니지 말고 계시쇼."

엄마가 전화를 뚝 끊었다. 그러고는 큰방 문을 멍하니 바라봤다. 얼핏 봐도 넋이 빠진 것처럼 보였다. 엄마의 얼굴을 보니 마음이 불안해졌다. 큰일이 나도 단단히 난 것 같았다.

"엄마, 뭔 일인디?"

"정호야, 언능 논배미에 나가 있는 느그 아부지 오시라 해라. 후딱."

"왜? 뭔 일인디?"

"언능 갔다 오라 하면 갔다 와야?"

엄마가 버럭 소리를 질렀다. 그 기세에 더는 캐물을 수가 없었다. 나는 당장 집에서 한참 떨어져 있는 논배미로 가 아버지를 불러왔고, 아버진 그 길로 읍내에 나갔다. 아버지는 떠나기 전, 장에 갔던 날 내가 경찰서 앞에서 봤던 탱크에 대해 물었다. 나는 더하고 뺄 것도 없이 있는 그대로 말을 했고, 아버지는 내 말을 토씨 하나 빠트리지 않고 기억하려는 듯 진중하게 귀를 기울였다.

그날 나는 처음으로 '거짓말쟁이'라는 말을 듣지 않았다.

5.

"니는 참말로 뭔 말을 잘도 만든다잉. 거짓말을 그럴싸하게 잘 한당게."

나는 그냥 꿈에서 본 것이나 책에서 읽은 장면을 말했을 뿐, 절대로 말을 만들어 낸 적은 없었다. 그런데도 친구들은 나를 그렇게 몰아갔다. 난 그게 싫었다. 내가 하는 말이 믿기지 않는다고 해서 거짓말 취급이라니. 그런데 이젠 내가 아니라, 다른 사람이 양치기 소년 같은 거짓말을 했다.

"있냐, 우리 아부지가 그런디 지금 광주에 계엄군들이 몰려와서 아조 난리가 아니라여."

아침부터 집으로 찾아온 지섭이가 간밤에 들은 이야기를 꺼냈다. 어제만 해도 자기 아버지가 돌아오지 않아 얼굴이 사색이었는데, 오늘은 달랐다. 지섭이 아버지가 새벽녘에 지친 몸으로 광주에서 돌아온 것이다.

"계엄군? 계엄군은 뭐여? 군인이여?"

"잉. 우리나라에 전쟁이 나거나 무슨 사변이 생기면 군인들이 나라를 지키려고 나온대."

"전쟁? 사변? 그믄 진짜 전쟁이 난 거여? 야, 그믄 그때 내가 본 탱크가 진짜 맞구만."

내가 놀란 눈으로 급하게 말을 쏟아 내자 지섭이가 고개를 끄덕이며 심각한 표정으로 가까이 왔다.

"계엄군들이 사람들을 개 끌고 가듯 끌고 가서 마구 짓밟고 때리고 죽인디야. 글고 막 총도 쏘고."

"군인들은 국민을 지켜야 하는 거 아니여? 왜 사람들을 죽인 대? 그거 그짓말 아니여?"

늘 친구들이 내게 했던 말이었는데, 내가 내뱉게 되었다. 지섭이의 말이 너무 거짓말 같아서였다. 도대체 왜? 왜 군인들이 시민들을 때리고 죽이는 거지? 군인은 국민을 지키는 사람들인데, 왜 적으로 대하는 걸까?

"아니랑께. 울 아부지가 본 것도 있디야. 그래서 거길 빠져나오느라고 죽을 똥을 쌌다자네."

내 입이 쩍 벌어졌다. 도무지 믿기지 않는 말들을 쏟아 내는 지섭이가 너무 낯설었다. 차라리 내가 '양치기 소년'이란 말을 듣는 게 더 나을 것 같았다.

"정호야!"

그때 대문 쪽에서 광우가 나를 불렀다. 나와 지섭이는 광우를 보고는 마루로 오라는 손짓을 했다. 광우가 대문에서부터 후다닥 뛰어왔다.

"느그들 지금 난리 났다는 야그 들었냐?"

"너도?"

나와 지섭이가 동시에 되물었다.

"들었는 갑구만. 지금 광주는 시민들이고 대학생들이고 다 거리 나가서 데모한다는디."

"대학생들? 그믄 전대생들도?"

광우가 고개를 끄덕거렸다. 내 심장이 터질 듯 뛰었다. 문득 명섭이가 말했던 대자보가 떠올랐다. 외삼촌이 쓴 대자보에는 이 사태가 적혀 있던 걸까? 그래서 집에도 못 돌아가고 거리에서 시위를 하는 걸까?

"이러다가 진짜 뭔 일 생기는 거 아녀?"

"그러지 말고 테레비 한번 틀어 봐. 테레비에서 뭐라고 하는지 들어 보게."

광우의 말에 나는 텔레비전이 놓여 있는 큰방 문을 열었다.

부리나케 텔레비전을 켜자 마침 뉴스가 나오고 있었다. 하지만 끝날 때까지 광주에 대한 소식은 나오지 않았다. 나는 지섭이와 광우를 돌아봤다. 둘 다 적잖이 당황했는지 눈빛이 흔들렸다.

"아닌디, 진짜로 우리 아부지가 봤다고 했단 말이여."

"나도 진짜랑게."

지섭이와 광우가 손사래까지 쳐 가며 부인했다. 아마 내가 그랬다면 이 녀석들은 대번에 "누가 양치기 소년 아니랄까 봐." 하며 놀렸을 것이다. 솔직히 평화롭기만 한 뉴스를 본 순간 나도 그 말을 하고 싶었으니까.

'니들 맨날 나한테 양치기 소년이라고 하드만, 니들도 양치기 소년이구만!'

하지만 이상하게도 그 말은 입 밖으로 나오지 않았다. 혀도 가위에 눌리는 건지 단단히 굳어서는 단 한마디도 하지 못했다.

아침에 외삼촌 일 때문에 나갔던 엄마와 아버지는 늦은 밤이 되어서야 집으로 돌아왔다. 나는 그사이 식은 밥을 먹고 큰방에서 기다리다가 깜빡 잠이 들었다. 윗목에 상을 물려 놓고 까무룩 잠이 들었는데, 엄마와 아버지가 방으로 들어오는 소리가 들렸다. 두 분은 자리에 앉자마자 길고도 무거운 한숨부터 쉬었다.

"우째야 쓰까라? 내일이라도 광주로 가 봐야 허지 않겄소?"

"쓰잘데기 없는 소리 하덜 말어. 아까 읍내에서 안 봤는가? 뼈쓰도 제대로 안 다니는 거. 조금만 기다려 보장께."

평소 엄마한테 싫은 소리 한번을 안 하던 아버지가 조곤조곤 타박했다. 그러자 무어라 반박하려 입을 들썩이던 엄마는 금세 수그러들었다.

"정호, 지 방에서 자라고 깨워."

"기냥 두씨요. 곤히 자구만. 우리 자리나 깝시다."

잠자는 척하던 난 혹여나 들킬까 봐 숨도 안 쉬고 새우처럼 등을 말았다. 오늘은 혼자 자기도 싫었지만 두 분이 하는 말을 계속 듣고 싶었다.

곧 불이 꺼졌다. 방 안에는 금세 무거운 침묵과 어둠이 깔렸다. 간간이 엄마의 한숨과 몸을 뒤치는 소리, 그리고 아버지의 큼큼거리는 소리가 뒤섞여 들렸다. 갑자기 오줌이 마려웠다.

"정호 아부지! 우리 경식이 말이어라, 괜찮겠제라?"

"……."

나는 귀를 쫑긋 세워 아버지의 대답을 기다렸다. 하지만 아버지의 침묵은 길어졌다. 입안에 고인 침을 삼키고 싶었으나 삼킬 수가 없었다.

"분명 괜찮을 것이여. 아무 일 없을 것잉게 걱정하덜 말어."

한참 대답이 없던 아버지가 나지막이 중얼거렸다. 그 말은 어쩐지 아버지 스스로에게 하는 말처럼 들렸다.

"울 엄니 경식이 하나 낳을라고 얼매나 맴고생했는지 몰라라. 딸 여섯을 낳음서 시엄니한티 겁나게 구박 많이 받았다고 경식이를 얼매나 공들여 키웠는디."

이번엔 엄마가 연극배우의 방백처럼 조잘조잘 속엣말을 내뱉었다.

"나도 우리 경식이 없음 살 수가 없을 것 같애라."

"뭔 소리여? 처남은 살아 있당게. 아무리 다른 사람들이 군인들한테 총 맞어 죽어도 우리 처남은 괜찮을 거여."

"근디 내 마음이 왜 이렇게 불안할 게라? 아까 읍내에서 들었던 말이 영 안 사라져라. 진짜 계엄군이 죄 없는 사람들을 쏴 죽일까라? 여기저기 시체가 널브러져 있다고 하던디, 그짓말이겄제라?"

"그럴 거여. 다 그짓말일 거여. 긍게 언능 잊어불고 자소. 낼 일어나서 또 나가 보세."

감고 있던 내 두 눈이 파르르 떨렸다. 당장에라도 일어나 엄마와 아버지를 향해 거짓말하지 말라고 말해야 하는 게 아닐까 생각했다.

나는 새우처럼 구부렸던 등을 쫙 펴고 조용히 심호흡했다. 갑자기 지금 내가 숨 쉬며 살고 있는 이 땅이 다 거짓말처럼 느껴졌다. 차라리 엄마, 아버지, 그리고 지섭이와 광우가 다 '양치기 소년'이었으면 좋겠다. 그래야 외삼촌이 환히 웃는 얼굴로 우리 집에 다시 올 수 있을 것 같았다.

그렇게 된다면 아직 다 읽지 못한 《파우스트》 때문에 멋진 선물을 받지 못하더라도, 읽은 만큼만 이야기하면서 웃을 수 있을 것 같았다. 물론 외삼촌은 검정 안경테를 손으로 올렸다 내렸다 하며 가자미눈을 뜨고 날 쳐다보겠지? 그럼 나는 장난꾸러기처럼 헤헤 웃으며 외삼촌에게 "한 번만 봐주라!" 하고 말할지도 모르겠다.

아침에 눈을 뜨자 잠을 자지 않은 것처럼 피곤했다. 벽에 걸린 달력 '5월 20일'에 빨간색으로 동그라미가 겹겹이 그려져 있었다. 그 밑으로 '내 생일'이라는 글씨도 보였다. 처음으로 멋진 선물을 받아 동네방네 자랑하고 싶었는데, 그럴 수가 없었다.

이불을 개어 놓고 마루로 나갔다. 여느 날과 다르게 부엌에선 도맛소리가 들리지 않았다. 나는 부엌으로 고개를 디밀었다. 엄마는 보이지 않고, 상보가 덮인 상만 보였다. 나는 상보를 살포시 들어 봤다. 그 안엔 미역국 한 그릇과 밥, 그리고 김치와 구운 조기가 놓여 있었다.

미역국을 한참 바라보다가 상보를 덮었다. 그리고 맷돌 위에 가지런히 놓인 새 운동화를 바라보았다. 아무 일도 일어나지 않았다면 오늘은 내가 좋아하는 미역국을 먹고, 외삼촌이 사 준 새 운동화를 신은 채 학교에 갔을 것이다. 아마 친구들은 내가 받은 생일 선물이 부러워서 한마디씩 하겠지? 어쩌면 서로 신어 보자며 다투었을지도 모른다. 그럼 난 짐짓 싫은 내색을 하면서도 한 짝씩 신어 보게 할 것이다. 그랬다면 오늘은 내 생일 중 가장 행복한 날이 됐을 텐데.

하지만 지금은 다 필요 없다. 외삼촌만 돌아온다면《파우스트》에서처럼 내 영혼을 악마에게 팔아도 된다. 그냥 외삼촌에게 별일만 없었으면 좋겠다.

정말 그거면 된다.

5.18

ANTHOLOGY

봄날,
송곳을 쥐다

유이영

유이영
민주화 운동은 이념이나 특정 집단만의 문제가 아니라, 우리 모두의 일이라고 말하고 싶었습니다. 고통이 구체적이어야 잊지 않고 깨어 있을 수 있습니다. 외면하는 순간 역사는 반복됩니다. 보다 적극적으로 상처를 찾아 들여다보면 좋겠습니다.
좋아하는 것을 더 힘껏 좋아하기 위해 'JY 스토리텔링 아카데미'에서 글공부를 시작했습니다. 이듬해 우수 출판 콘텐츠, 아르코 문학 나눔, 청소년 교양 도서에 연이어 선정되었습니다. 《교서관 책동무》 《우리 역사에 숨어 있는 인권 존중의 씨앗(공저)》 《마녀를 구하라!》 등을 김영주라는 이름으로 출간했고, 유이영으로 참여한 앤솔러지 《오답 노트를 쓰는 시간》을 시작으로 좀 더 넓은 층의 독자를 만나려고 합니다.

1.
성당 - 5월 18일 일요일(맑음)

 남동성당의 붉은 벽돌과 담쟁이덩굴 위로 5월의 햇살이 머물렀다. 봄바람은 연둣빛 새순과 주일 미사를 마친 신도들 틈을 오갔고, 전남여고 학생들의 수다 꽃에는 특히 더 오래 머물렀다.
 와르르 쏟아지는 웃음 사이로 선희가 슬며시 미영의 팔을 잡아끌었다.
 "근디 미영이 니도 도청에 갔었냐?"
 "갔제!"

"같잖은 사투리 고만혀라, 넌 안 돼야. 서울 것들은 원래 안 되제잉."

"몇 년을 살았는데도 입에 안 붙네. 수학보다 어렵다, 사투리!"

"아, 고만허고, 싸게 도청 야그혀 봐!"

단짝의 재촉에 미영은 지난 금요일 저녁을 떠올렸다. 전남도청 앞 분수대에서 열렸던 시위가 아직도 생생했다.

전국 각지에서 독재에 반대하는 시위가 있었고, 특히 대학생들은 좀 더 적극적으로 거리로 나섰다. 광주도 마찬가지였다. 시위라고는 했지만, 시위대는 질서 있었고 경찰은 시민들이 불편을 겪지 않도록 도왔다. 서로를 인정하고 존중하며 진행되는 시위는 엄숙했지만 뜨거웠고, 열정적이었지만 평화로웠다. 미영에겐 황홀한 밤이었다.

"분수대 화형식 말하는 거지? 당연히 다녀왔지!"

"부럽네. 내도 보고 싶었는디, 엄마가 막았어야."

"우리 선희 불쌍해서 어쩌냐! 진짜 기막히게 멋있었어! 횃불 든 대학생 언니 오빠들이 경찰의 호위를 받으며 금남로를 쭉 행진하길래 나도 모르게 따라갔지. 도청 앞에서 마지막에 분수대로 횃불을 던졌는데, 카! 영화였다, 영화!"

미영은 붉게 타오르던 분수대를 떠올렸다.

"오빠는? 민수 오빠도 갔제?"

"그럼! 시위가 안전하게 끝나도록 교통정리를 했어. 우리 오빠, 내가 봐도 진짜 멋있더라니까! 너 짝사랑 잘 선택, 읍, 읍."

"뭐대? 누가 누굴?"

얼굴이 발그레해진 선희가 한 손으로 미영의 입을 막았다.

"말 안 할게! 알았다고! 야, 나 숨 막혀!"

미영은 웃음을 참지 못했다. 다정한 선희와 보드라운 성격의 민수 오빠가 함께 있는 걸 상상하니 마음이 간질거렸다.

하지만 봄날엔 꽃샘추위가 있기 마련이다. 옆에서 둘의 대화를 듣고 있던 은혜가 찬 바람처럼 끼어들었다.

"나가 본 건 좀 달랐는디?"

"뭔 소리다냐?"

선희가 은혜를 돌아보며 물었다.

"쩌그 전남대 정문에서 군인과 경찰 들이 대학생들을 막 몰든디? 그게 보호냐?"

"그짓말! 니 미사 시간에 졸았냐? 뜨순밥 먹고 헛소리허냐!"

"나가 직접 봤당께. 민수 오빠꺼징."

은혜의 단호함에 선희는 말문이 막혀 버렸다. 미영은 은혜가 고개를 홱 돌리고 가는 뒷모습을 멍하니 볼 수밖에 없었다. 은혜가 잘못 봤을 거란 선희의 위로에도 마음이 놓이지 않았다. 오빠 입으로 직접 듣기 전까진 아무것도 확신할 수 없었다.

성당에서 돌아온 미영은 내내 혼자 집에 있었다. 몇 년 전 아빠의 사업이 망하며 광주에 이사 온 뒤로 부모님은 늘 집을 비웠다. 전라도 농산물을 싼값에 떼어 전국 각지로 파는 부모님의 일 때문에 집엔 거의 남매 둘만 남아 서로를 보듬어야 했다.

작년에 오빠는 순경이 되었다. 고등학교 졸업 때까지 맡아 놓은 1등이었지만, 돈을 벌어야 해서 대학에 못 갔다. 하지만 속상해하지 않고 나랏일을 한다며 출근할 때마다 환히 웃었다. 그런 오빠가 학생들을 몰아붙였다는 말을 믿을 수가 없었다. 횃불 시위에서 대학생 친구에게 힘내라고 응원하던 오빠를 직접 보기도 했다. 미영은 오빠가 돌아와 오해라는 대답만 해 주길 기다렸다. 하지만 밤이 깊도록 오빠는 돌아오지 않았다.

2.
서점 – 5월 19일 월요일(오후부터 비)

"안 돼!"

미영은 소리치며 고개를 들었다. 깨어나니 오빠 방 책상이었다. 방에서 오빠를 기다리다가 깜빡 잠이 든 것이다.

이미 창밖은 훤했지만, 이불은 어제 아침에 갠 그대로다. 미영을 혼자 두고 연락도 없이 외박할 오빠가 아니었다. 뭔가 불안했지만, 시계를 보니 학교에 갈 시간이었다.

방에서 나와 마당으로 갔다. 봄이었지만 아침 공기는 여전히 싸늘했다. 미영은 수도꼭지를 틀어 대야에 찬물을 받아 세수했다. 부엌에서 따뜻한 물을 가져오기엔 마음이 급했다. 대충 고양이 세수를 한 후 교복으로 갈아입고 마루로 나왔다. 막 신발을 신으려는데, 초록색 철제 대문이 삐걱 열렸다.

"오빠! 도대체 어제 어디서……."

미영의 말문이 턱 막혔다. 오빠의 모습이 평소와 너무 달랐다.

아빠를 닮은 오빠는 키도 크고 어깨도 넓었다. 큰 눈과 뽀얀 피부는 엄마를 닮아 어려서부터 잘생겼다는 소리를 많이 들었다. 행동이 반듯하고 공부까지 잘해서, 좋은 건 다 오빠 준 거냐며 미영이 부모님에게 투정할 정도였다. 하지만 지금은 아니었다. 헝클어진 머리, 구겨지고 더러워진 제복, 충혈된 눈. 이건 미영이 아는 오빠가 아니다. 어디 하나 오빠다운 구석이 없었다.

미영이 얼어 있자, 오빠가 다가와 소매를 붙잡았다.

"미영아, 학교 가지 마."

"뭐라고? 무섭게 왜 그래!"

"나가지 마. 위험하다고!"

보드랍기만 하던 오빠의 목소리가 갈라졌다. 불안은 두려움이 되었다. 전남대에서 있었던 일을 물어볼 생각이었는데, 오빠를 보는 순간 머릿속이 하얗게 변했다. 그저 자리를 벗어날 생각밖에 들지 않았다.

미영은 오빠의 손을 뿌리치고 대문 밖으로 뛰어나갔다. 뒤에서 우당탕 소리가 났지만, 돌아보지 않고 학교로 달렸다.

도착한 학교는 더 엉망이었다. 수업 종이 울렸는데도 아이들은 교실 곳곳에 모여 떠들고 있었고, 선생님들은 보이지 않았다.

미영이 들어서자 소란하던 교실이 순식간에 조용해졌다. 모두 미영을 바라보며 수군거렸다. 마치 처음 전학 온 날 같았다. 선희가 어리둥절해하는 미영에게 다가와 팔을 끌고 복도로 나갔다.

"다들 왜 그래?"

"그게, 긍께, 군인덜이 사람을 때려 죽였댜."

미영의 숨이 턱 막혔다.

"제일극장 골목에서 군인이 학상 머릴 후려쳤다드면."

"말도 안 돼! 군인이 왜?"

"데모헌 사람은 간첩이라고. 그치면 안 헌 사람도 후려 팼댜. 근디, 거서……"

미영은 답답해 미칠 것 같은데, 선희가 입술을 깨물며 말을 아꼈다.

"빨리!"

"민수 오빠가 은혜를 끌고 가는 걸 애들이 봤어야. 것도 피 흘리는……."

뜻밖의 말에 미영은 정신이 아득해졌다. 순간 눈앞이 핑 돌아 복도 창문에 등을 기댔다. 아침에 본 오빠 모습이 떠올라 입안에서는 '말도 안 돼.'라는 말만 맴돌았다.

그때 선생님들이 반대편 계단에서 이쪽 복도로 올라오는 게 보였다. 담임 선생님은 미영과 선희를 보고 교실로 돌아가라는 손짓을 했다. 모두 심각한 얼굴이었다.

"자, 조용! 다 제자리에 앉아!"

교실에 적막이 흘렀다. 선생님이 마른침을 몇 번이나 삼키면서도 쉽게 입을 떼지 못하자, 반장이 손을 들었다.

"슨상님, 진짜 사람이 죽었어요?"

아이들 모두 숨을 멈추고 선생님의 입만 쳐다보았다.

"당분간 휴교다. 모두 집으로 돌아가도록."

"아……."

모두의 얼굴에 긴장이 서렸다. 잠시 침묵이 흘렀고, 반장이 다시 물었다.

"그라지 말고, 우리도 데모혀요. 학상도 패고, 죄 없는 사람도 빨갱이라고 다 잡아간다는디, 우째 가만히 있어요."

"그래서다. 계엄군은 학생이라고 봐주지 않아. 너무 위험해."

반장이 교내 시위라도 하자고 한 번 더 건의했지만, 선생님은 단호했다.

결국 아이들은 삼삼오오 교실을 떠났다. 미영도 선희와 함께 학교를 빠져나왔다. 누구도 선뜻 먼저 말을 꺼내지 못했다. 미영은 숨쉬기도 힘들 정도로 가슴이 답답했다. 몇 번이나 걸음을 멈추고 한숨을 내쉬다가 더는 안 될 것 같아 소리쳤다.

"아무래도 나, 은혜 집에 가 봐야겠어!"

"그랴, 가자. 같이 가서 속 시원허게 확인허자."

미영은 고개를 크게 끄덕였다. 선희에게 정말 고마웠다. 사실 혼자서는 자신이 없었는데, 선희와 함께라 다행이었다.

은혜네는 전남도청 근처였다. 선희는 혹시 모르니 빠르게 질러가는 광주동부경찰서 옆 골목 말고, 돌아가더라도 큰길로 가자고 제안했다. 미영도 찬성이었다.

하지만 도리어 엄청난 것과 마주쳤다. 큰길을 따라 걸은 지 얼마 되지 않아서였다. 지진이라도 난 듯 땅이 울리더니, 멀리서부터 굉음이 들렸다.

"저, 저거 뭐야?"

먼저 뒤돌아본 미영이 선희를 붙잡았다.

"뭔데? 헙!"

선희도 말을 잇지 못했다. 수십 대의 장갑차가 줄지어 오고 있었다. 빠른 속도는 아니었지만, 뭐든 뭉개 버릴 듯이 크고 위협적이었다. 그 옆으로 총구를 앞세운 군인들이 호위하듯 행진하고, 장갑차 꼭대기엔 방아쇠에 손을 얹은 군인이 주변을 경계하는 모습이 보였다. 그들의 존재 자체가 폭력적으로 느껴졌다.

 보고 있어도 믿기지 않았다. 섬뜩한 광경에 넋이 나가 있던 미영은 앞서 걷던 군인과 눈이 마주쳤다. 각을 맞춰 걷는 몸짓은 기계 같았지만, 국방색 철모 아래의 눈은 짐승처럼 날카롭게 번뜩였다. 소름이 확 끼쳤다.

 미영은 힘이 풀리는 다리를 간신히 부여잡고 선희를 골목으로 잡아끌었다. 선희도 놀랐는지 저항 없이 끌려왔다. 둘은 골목에서 골목으로 빠르게 걸었다. 숱하게 다닌 길이었지만, 오늘따라 낯설었다. 무슨 일인지 유리 조각이 바닥에 흩어져 있고, 주인을 잃은 운동화도 보였다.

 '민수 오빠가 피 흘리는 은혜를 끌고 가는 걸 애들이 봤어야.'

 미영은 검게 때가 탄 운동화 한 짝을 주워 들었다. 그 순간 손등 위로 빗방울이 툭 떨어졌다.

 그때였다. 그 빗방울이 마치 신호라도 되는 듯 무언가 터지는 듯 폭발음과 비명이 들렸다. 가까이에서 들리는 소리는 아니지만 충분히 두려웠다. 미영과 선희는 한순간 서로를 마주 보았다.

 "뭐지? 무서워!"

"싸게 집에 가자!"

하지만 집으로 가는 쪽도 소란스러웠다. 호루라기, 고함, 비명이 점점 가까워졌다. 미영과 선희는 갈 방향을 잃고 발만 동동거릴 뿐이었다.

"학상들, 느그 이리 올라와라이. 위험해야."

말소리에 고개를 돌리자 멀지 않은 가게 앞에서 중년 여자가 손짓하고 있었다. 낯선 사람이라 망설여졌지만, 단정한 반묶음 머리와 깔끔한 흰 셔츠가 주는 안도감을 믿기로 했다. 무엇보다 다른 방법이 없었다. 점점 크게 들리는 소리가 너무 무서웠다.

여자는 미영과 선희가 다가오자 닫힌 셔터를 반쯤 열고 먼저 가게 안으로 들어갔다. 미영과 선희도 고개를 숙여 따라 들어가자, 여자는 바깥을 확인하고는 셔터를 단단히 내렸다.

"다친 데는 없고?"

나지막한 목소리로 여자가 물었다. 미영은 고개를 끄덕였다.

가게 안은 바깥과 완전히 다른 세계였다. 고요했고, 어둑했으며, 그래서 오히려 편안했다. 어디선가 새어 들어오는 희미한 빛이 내부를 비췄다. 앞쪽 매대에는 문제집과 새 책 들이 가지런히 놓여 있고, 뒤편 책장에는 빛바랜 헌책들이 꽂혀 있었다. 스며든 빛 속에 떠다니는 먼지와 세월을 머금은 책 냄새가 묘한 안정감을 주었다.

"여기가 어디예요?"

한숨 돌린 미영이 물었다.

"서점. 인자 좀 안심혀도 돼야. 여꺼정은 안 오겄제."

여자는 책장 사이를 지나 안쪽에 있는 쪽문을 열며 조용히 말했다.

"그랴도 혹시 모르니 더 안쪽으로 들어가자."

미영은 선희와 눈을 맞추고 고개를 끄덕인 뒤 함께 서점 안쪽 문으로 들어갔다.

좁은 방에는 네 사람이 있었다. 바닥엔 크고 작은 종이와 여러 색의 매직펜들이 흩어져 있어 어수선했다. 게다가 천장에 있는 형광등을 켜지 않고 있어서 벽 위로 난 작은 창문에서만 빛이 들어왔다. 그 빛에 기대어 네 사람이 글을 쓰던 중이었다.

방 한가운데서 몸을 옹송그린 채 무릎 꿇고 글을 쓰던 남자가 고개를 들었다. 그는 이제 막 들어온 이들을 보더니 펜을 내려놓고 콧등으로 흘러내린 금테 안경을 손끝으로 고쳐 올렸다. 그러고는 주섬주섬 종이를 정리하며 셋이 앉을 자리를 마련했다.

"어서 들어오세요, 정 선생님! 고생 많으셨어요."

"윤 선생님이 더 고생하셨지요. 글고, 이 아그들은 길에서 헤매길래."

'윤 선생'이라 불린 남자는 미영과 선희에게 안부를 물었다.

"큰일 날 뻔했네. 어디 다친 곳은 없어?"

미영과 선희가 고개를 끄덕이자 윤 선생이 긴 한숨을 내쉬었다. 그리고 등 뒤쪽 서랍에서 송곳 두 개를 꺼내 둘 앞에 놓았다.

"지니고 있다가 계엄군을 만나면 쓰거라. 허벅지를 찌르는 게 제일 효과적일 거야. 도망갈 시간 정도는 벌어 줄 게다."

"야? 무신 일로 사람을 송곳으로 찌른다요? 그라믄 안 되지라!"

선희 얼굴이 새파랗게 질렸다. 윤 선생은 아랫입술을 물었다가 천천히 고개를 끄덕였다.

"그래, 맞다. 사람이 사람한테 그러면 안 되지."

잠시 정적이 흘렀다.

"그런데 말이야, 그들은 우릴 사람으로 보질 않아. 아님, 그들이 사람이 아니든지."

"네?"

"계엄군이 광주 사람들을 마구 때려잡고 있어."

"설마요. 간첩, 빨갱이만 잡아가겠죠. 군인이잖아요. 우리를 지키는."

"지금 광주에 들어온 건 일반 군인이 아니야. 특수 훈련을 받은 공수 부대원들이지. 저들이 광주 시민 모두를 간첩이라고 몰고 있어. 나라에서 명 받았다면서, 총을 들고 진압봉을 휘두르며 사람들을 때리고 잡아간단다."

윤 선생은 잠시 말을 멈추고 송곳을 내려다봤다.

"그러니 우리가 우리를 지켜야 해. 이 송곳은 마지막 방패이자 살아남겠다는 의지란다."

고개를 끄덕거리긴 했지만, 둘 다 선뜻 송곳을 집어 들지는 못했다. 윤 선생도 더는 권하지 못하고 이해한다는 듯 고개를 주억거렸다. 그리고 다시 글을 쓰기 시작했다.

미영이 슬쩍 보니 '시민의 힘으로 계엄군을 물리치고 우리의 민주주의를 지켜 냅시다', '진실을 기록하고, 우리의 역사를 지켜 냅시다' 같은 문구들이 보였다. 시위 상황을 알리는 대자보와 소식지 같았다. 그 눈길을 느꼈는지 몸을 일으킨 윤 선생이 펜과 종이를 건넸다.

"이렇게 만난 김에, 너희도 잠시나마 도와줄래? 내가 쓴 글을 그대로 옮겨 적어 주면 돼. 원래는 야학에서 복사해 돌렸는데, 바깥이 워낙 삼엄해져서 여기 모여서 필사하고 있었어."

"주세요! 송곳은 무서워도 펜은 잡을 수 있어요."

"고맙다! 너무 바빠서 우리 집 강아지 발이라도 빌릴 참이었거든!"

미영이 펜과 종이를 받자 선희도 손을 내밀었다. 둘은 한쪽 구석에서 글을 옮겨 쓰기 시작했다. 그 모습을 본 윤 선생이 슬쩍 미소 지었다.

"아 참, 내 정신 좀 봐. 정 선생님! 밖은 좀 어떤가요? 정 선생님까지 오시면 현재 상황 공유하려고 다들 기다리고 있었거든요."

"시상에, 난리도 이런 난리가 없어야. 더 포악해졌당게요. 어젠 젊은 아그들만 잡더니, 오늘은 싹 다 패요. 눈에 뵈면 진압봉으로 개 패디끼 두드려 패대요. 것도 머리 짝으로다가."

"으으."

머리 쪽을 노려 때린다는 말에 듣던 이들이 저도 모르게 신음을 냈다. 파란 체크 셔츠를 입은 남자는 주먹을 불끈 쥐기까지 했다. 이어 다른 사람도 광주 곳곳의 소식을 전하기 시작했다. 단순한 서점이 아니라 중요한 정보가 모이는 곳 같았다.

"어제 유동 삼거리에서도 사람들을 무자비하게 때려서 병원이 꽉 찼어요. 다친 사람을 짐짝처럼 트럭에 싣고 간단 소리도 있더라고요. 우리도 나서야 해요."

"상이 말이 맞아요. 인자 우리도 전면에 나서요. 화염병도 준비헙시다."

"제가 병이라도 모을게요. 준비는 해야죠. 지금처럼 맨손으로 맞설 수는 없어요!"

"아녀, 상아. 넌 병원이나 가야. 여긴 우리 있자네."

정 선생이 조용히 말하자 상이라는 남자는 입을 다물고 고개만 끄덕였다. 다른 사람이 조심스럽게 입을 열었다.
　"지도 상이 말에 찬성이에요. 철수했다던 공수 부대가 다시 왔당께요. 인자 민간인에게 총을 쏜대요. 계림파출소 근처서 조대부고 학생이 맞았다고……."
　그는 말을 더 잇지 못했다. 고등학생에게 총을 쏘는 군인이라니. 미영도 글을 쓰던 손을 멈추고 헉 소리를 내었다.
　"쉿!"
　갑자기 윤 선생이 집게손가락을 입에 갖다 대며 다른 손으로는 벽에 붙으라는 손짓을 했다. 모두 조심스레 벽에 밀착했다.
　곧이어 바깥이 소란스러워졌고, 무거운 발소리가 이어졌다. 군화였다. 게다가 바닥이 울리는 걸 보니, 수가 상당한 듯했다. 위압감에 다들 어깨를 좁히고 고개를 숙였다.
　잠시 뒤, 셔터를 거세게 두드리는 소리가 들렸다. 단단히 잠겨 쉽게 열리진 않겠지만, 철제 셔터가 흔들리는 소리만으로도 모두 몸이 굳었다. 선희는 귀까지 막고 웅크렸다.
　영원 같은 시간이 흘렀다. 소리는 점점 더 커져 가다가 이러다 셔터가 망가지겠다 싶을 때쯤 갑자기 뚝 멈췄다. 귀가 먹먹해져서 그런가 싶을 정도로 밖이 고요했다. 하지만 누구도 섣불리 움직이지 않았다. 다만, 조심스레 고개를 들어 서로의 눈을 보았다. 찌푸렸던 미간에 스르르 힘이 풀렸다. 하지만 그 안도감은 오래가지 못했다.

쨍그랑!

벽 위쪽에 붙은 작은 창문이 깨지고, 공처럼 작은 검정 물체가 안으로 날아들었다. 모두 한곳을 쳐다봤지만, 누구도 움직이지 못했다. 무언가 잘못됐다는 것을 직감했음에도 아무도 소리조차 내지 못했다. 방 안엔 공포와 긴장만이 가득했다.

치익!

검정 물체에서 흰 연기가 피어오르기 시작했다.

누군가 나지막하게 말했다.

"최루탄인갑다!"

모두 옷으로 코와 입을 막았고, 미영도 따라 했다. 정 선생이 재빠르게 뒤편에 있던 이불로 최루탄을 덮고 방문을 열었다. 문이 열리자 연기가 방 밖으로 빠져나갔다. 연기는 깨진 창문으로도 빠졌는데, 그곳으로 군인들의 대화가 들어왔다.

"누구 있으면 어쩌려고 그래?"

"누가 있을까 봐 그런 건데?"

"맞네. 있어 봐야 다 빨갱이지. 하하!"

악마들이었다. 하지만 지옥은 바깥이 아니라 방 안이었다. 미영은 비명은 삼켰지만 고통으로 몸을 뒤틀었다. 눈, 코, 입이 타

들어 가는 듯한 통증에 숨이 막혔다. 기침이 터지려고 했지만 온 힘을 다해 삼켜야 했다.

수십 초 만에 의식이 흐릿해졌다. 누군가 미영의 팔을 잡아끌었다. 눈을 뜰 수 없어 보이지 않았지만, 그 손에 의지해 기어서 방 밖으로 나올 수 있었다.

모두가 빠져나오자 정 선생은 문을 닫아 연기를 가뒀다.

미영은 서점 바닥에 쓰러졌다. 가슴이 찢어질 듯 기침이 터졌고, 눈물과 콧물이 끝없이 흘렀다. 다른 사람들도 고통스러운 기침을 멈추지 못했다.

"절대 손 가꼬 눈이나 코 만지면 안 돼야."

숨넘어가는 소리 사이로 누군가가 말했다. 미영은 자꾸만 눈으로 가려는 손을 꾹 참았다. 눈물이 줄줄 흘렀지만 그대로 흐르게 두었다.

촤악!

누군가 미영의 얼굴에 찬물을 뿌렸다. 거센 물줄기에 따귀라도 맞은 듯했다. 그러고 나니 겨우 눈이 떠졌다.

쓰라리고 흐릿한 시야로 윤 선생이 양동이를 들고 사람들에게 물을 퍼붓는 모습이 보였다. 미영도 서둘러 몸을 일으켰다. 윤 선생을 따라 화장실로 가서 물을 길어 왔다. 미영은 선희 얼굴에 물을 흘렸다. 그러나 선희는 여전히 눈을 뜨지 못한 채 신음만 냈다.

"그라고 살살은 안 혀져. 물을 확 던져야 연기가 싹 씻긴다잉."

누군가의 조언에 미영은 물을 다시 뜬 뒤 선희 얼굴에 힘껏 뿌렸다. 작은 그릇이라 여러 번 물을 뿌리고 나니, 선희도 겨우 반쯤 눈을 떴다.

"괜찮아, 선희야?"

미영이 어깨를 흔들자 선희는 힘없이 고개만 끄덕였다. 미영은 안도의 한숨을 내쉬었지만, 그것도 잠시였다. 주위를 둘러보니 다시 마음이 무거워졌다.

서점 안은 처음 들어왔을 때처럼 고요했다. 스며드는 빛도 그대로였지만, 너무 달라져 있었다. 물에 젖어 무너진 책 더미 사이로 사람들은 얼굴이 벌겋게 부어오른 채 넋을 잃고 앉아 있었다.

믿기지 않았다. 어제 낮, 성당에서 미사를 드릴 때만 해도 평온한 봄날이었다. 그래서 미사가 끝나고 평화 인사를 나누는 시간에는 선희와 킥킥대기까지 했다. 평화 말고 성적 향상을 빌자며 장난치다가 수녀님께 혼나느라 결국 나누지 못한 인사가 떠올랐다.

'평화를 빕니다.'

빌지 못한 평화가 자책으로 돌아왔다. 누구라도 탓하고 싶은데 이유를 모르니 가시가 마음 안쪽으로 자랐다. 눈물이 맺히려는 순간, 누군가 말했다.

"인자 우리도 달라져야 혀요. 지키려면 싸워야제."

"암만!"

크지 않은 목소리였지만 무게가 실려 있었다. 넋 나간 채로 앉아 있던 사람들이 하나둘 허리를 세웠다.

"그럼요. 절대 지지 않을 거예요. 틀린 건 그들이니까요!"

윤 선생의 말에 사람들의 눈빛이 서서히 빛나기 시작했다. 미영과 선희도 고개를 끄덕였다.

3.
광장 – 5월 20일 화요일(오전에 비)

집으로 돌아온 미영은 앓아누웠다. 깨끗한 물로 씻고 자리에 누웠지만 몸이 무겁고 기침이 멈추지 않았다. 눈이 뻑뻑하고, 목은 여전히 쓰라렸다. 눈을 감으면 자욱한 연기와 흐릿한 얼굴들이 떠올랐다. 오빠 얼굴 같기도 하고, 금테 안경을 쓴 남자 같기도 했다.

'지키려면 싸워야제.'

꿈인지 현실인지 모를 혼란 속에서 한참을 헤매다 마침내 눈을 떴다. 겨우 몸을 일으키니 이부자리 옆 앉은뱅이책상에 흰죽과 김치가 놓여 있었고, 쪽지도 보였다.

미영아, 너무 위험해. 제발 나가지 마. 부탁이야.

오빠 글씨였다. 하지만 그 옆에 놓인 것이 더 눈길을 끌었다. 송곳이었다.

'나가지 말라더니, 송곳은 왜.'

미영은 송곳을 한참 바라보다가 주머니에 넣었다. 어제 서점에서 벌어졌던 일이 떠올랐다. 군인이 사람을 때리고 총으로 쏘는 일이 실제로 벌어지고 있었다. 게다가 어쩌면 민수 오빠도 그들과 한패일 수 있었다. 최루탄을 던지는 악마들 말이다.

'나라도 빚을 갚자. 사람들을 도와야 해.'

미영은 일어나 문고리를 돌렸다. 열리지 않았다. 어깨로 방문을 쳤지만, 꿈쩍도 하지 않았다.

"이런다고 내가 포기할 줄 알아?"

미영은 방 안을 둘러보다가 창문에서 시선을 멈췄다. 주저 없이 책상을 창가로 옮겼다. 책상에 올라 창문을 열고 몸을 밀어 넣었다. 벽 상단에 난 창문이라 제법 높았지만, 이 방법밖에 없었다. 허리를 겨우 걸치고 창밖으로 다리를 넘겼다. 얇은 양말 하나만 신었지만 상관없었다. 미영은 눈을 질끈 감고 아래로 뛰어내렸다.

"에구구."

발바닥이 찢어질 듯 아팠다. 주저앉아 발을 잠싸 쥐었지만 금세 일어났다. 한시가 급했다. 미영은 앞집 선희네로 달려갔다. 그러나 이번에는 선희 엄마에게 가로막혔다.

"이제 위험헌 거 알 거 아녀? 선희는 안 돼야."

최루탄 냄새를 풍기며 온몸이 흠뻑 젖어 돌아온 딸을 또 내보내 줄 엄마는 없었다. 미영은 포기하고 돌아서는 수밖에 없었다. 담장을 끼고 도는데 벽 위쪽 창문이 드르륵 열렸다.

"미영아!"

선희가 창틀에 걸터앉아 있었다. 잔뜩 헝클어진 반묶음 머리를 하고 숨을 헐떡이는 선희를 보자 미영은 피식 웃음이 새어 나왔다.

"야, 너 지금 되게 웃겨."

"양말만 신은 너가 할 말이냐?"

흰 운동화가 날아왔다.

"너는?"

"챙겼제. 이랄 줄 알고 두 켤레 싸 놨제."

"야! 우리 무슨 주인공 같아."

"이쁜 언니야 나오는 '얄개' 시리즈?"

"아니, 도둑 잡는 '수사반장'!"

선희가 웃으며 창문에서 뛰어내렸다. 그러고는 가뿐하게 착지해 손바닥을 털며 말했다.

"요로콤 이쁜 도둑이 어디 있당가!"

"근데 괜찮아? 너희 엄마 아시면 혼날 텐데!"

"글만 쓰다 올 틴디, 뭐어! 싸게 가자!"

둘은 의기양양하게 서점으로 향했다. 그러나 가게 문이 굳게 닫혀 있었다. 혹시나 해서 건물을 끼고 돌아가 최루탄이 들어왔던 깨진 창문에 대고 어제 왔던 고교생이라고 큰 소리로 외쳐봤지만 대답이 없었다. 서점에 있었던 어른들처럼 정보를 모으거나 직접 시위까지 나갈 수는 없었지만, 뭐라도 하고 싶었다. 아니, 뭐라도 해야만 했다. 그래야 후회가 없을 것 같았다.

"왜 닫혀 있지?"

"글쎄. 오늘은 밖으로 데모하러 갔나?"

"에잇! 우리도 힘 좀 보태고 싶었는데. 아쉽다."

미영은 잠깐 망설이다가 말을 꺼냈다.

"그럼, 우리 나온 김에……."

"은혜네 가 보자, 그 말 할 거제?"

선희가 다가와 미영의 팔짱을 꼈다.

"내도 민수 오빠 믿고 싶어야!"

미영은 주머니 속 송곳을 만지작거리며 말했다.

"그래. 은혜 괜찮은 것만 확인하고 오자."

둘은 전남도청 쪽으로 발걸음을 옮겼다. 길은 이상하리만치 조용했고, 분위기는 무거웠다.

"미영아, 저게 뭐다냐?"

앞서 걷던 선희가 멈춰서 가톨릭센터를 가리켰다. 손가락 끝엔 속옷만 입은 사람들이 있었다. 대부분은 몸을 둥글게 말고 쪼그려 앉아 있었지만, 몇몇은 엎드려서 기합을 받고 있었다. 그 중 한 남자가 팔에 힘이 풀렸는지 바닥에 몸을 떨궜다.

그때였다. 군인들이 기다렸다는 듯 그 남자에게 다가가 욕설을 내뱉고 몸을 걷어찼다. 폭행당하는 남자는 속옷만 입은 터라 맨 살갗 위로 군홧발이 오고 가자 여기저기 긁혀 피가 터지고 등에는 발자국이 선명하게 남았다. 그는 끝내 아스팔트에 힘없이 처박히고 말았다.

"엄살 부리지 말고 일어나! 물러가라고 또 소리 질러 보라고, 이 빨갱이 새끼야!"

넘어진 남자가 어떻게든 몸을 일으키려 했지만, 그저 움찔거리기만 할 뿐이었다.

"그 정도로 되겠어? 비켜 봐, 내가 해 볼게!"

군인 하나가 히죽이며 남자에게 다가갔다. 불길했다. 선희는 미영의 어깨에 고개를 묻었지만, 미영은 고개를 돌리지 못했다.

군인은 오른발을 뒤로 빼더니 넘어져 있는 남자의 머리를 있는 힘껏 걷어찼다. 엎어져 있던 남자의 몸이 뒤집히며 입에서는 피가 뿜어져 나왔다. 미영은 터져 나올 뻔한 비명을 두 손으로 막았다. 하지만 기합을 받던 사람들은 소리를 참지 못했다.

"으악!"

"그만해! 그러다 죽어!"

참지 못한 비명이었지만, 군인들에겐 신호탄이었다. 군인들은 비명을 지른 쪽으로 달려들어 진압봉을 마구 휘둘렀다. 맨 앞의 여자는 어깨로 진압봉을 막았지만, 뒤에서 날아든 발길질에는 당할 수밖에 없었다. 바닥에 쓰러진 여자를 다른 군화가 또 밟았다.

미영의 눈에 언젠가 사찰 벽면에서 본 지옥도가 펼쳐졌다. 하지만 그 그림 속의 악귀들도 웃고 있진 않았다. 두더지 잡기 게임을 하듯 진압봉을 내리치는 군인들의 표정은 신나 보였다. 아무리 죄인일지라도 사람이 사람을 저렇게 때리면 안 된다. 아니, 오히려 사람을 벌레 다루듯 하는 군인들이 죄인 아닌가. 턱이 덜덜 떨렸지만, 일단은 이 지옥에서 벗어나야 했다. 미영은 정신을 가다듬고 선희의 손을 꼭 잡았다.

"우리, 도망가자."

눈물범벅인 얼굴로 선희가 고개를 끄덕였다. 미영이 살금살금 몸을 돌렸고, 선희도 뒤따랐다. 소리 나지 않도록 조심스럽게 움직이려다 보니 손바닥이 금세 축축해졌다. 그래도 미영은 손을 놓을 수 없었다. 이 지옥에서 잡을 손이 있다는 사실만으로도 작은 위로가 되었다. 둘은 멈추지 않고 정신없이 달렸다. 그렇게 골목을 반쯤 벗어났을 때였다.

우당탕!

요란한 소리와 함께 미영의 손이 뒤로 당겨졌다. 돌아보니 선희가 깨진 보도블록을 보지 못하고 발을 헛디뎌 넘어진 모양이었다. 게다가 하필 플라스틱 바리케이드 위로 쓰러지면서 큰 소리가 났다. 주위가 아무리 아수라장이라도 들릴 만한 크기의 소리였다. 미영은 재빨리 선희를 일으켰다.

"선희야, 뛰어야 해!"

미영은 선희의 손을 잡고 뛰기 시작했다. 골목 끝엔 큰길, 그 건너편엔 두 사람이 다니는 전남여고가 있었다. 학교만이 살길 같았기에 미영은 선희와 함께 젖 먹던 힘을 짜내어 달렸다.

그때였다. 뒤에서 욕설과 함께 군인이 이쪽으로 달려오는 소리가 들렸다.

"어딜 도망가, 빨갱이 년들!"

눈앞이 캄캄했지만 포기할 수 없었다. 조금만 더 가면 골목 끝이었다. 미영이 잘 달리면 선희도 따라올 것 같았다. 마음이 급해졌다. 미영은 조금 더 빨리 달리려 몸을 기울였다. 하지만 아까의 선희처럼 중심을 잃고 고꾸라졌다.

턱과 앞니, 코와 이마에 차례대로 충격이 전해졌다. 눈앞이 잠시 흐려졌다. 얼굴 전체가 홧홧했다. 입안이 따가워서 침을 뱉자, 피와 함께 깨진 이 조각이 바닥에 떨어졌다. 일어나려고 손을 짚으니 비명이 절로 나왔다. 상처가 벌어져 피가 뚝뚝 떨어졌다. 노란 지방층까지 새어 나오는 걸 보니 생각보다 깊이 찢어진 것 같았다.

하지만 아파할 새가 없었다. 급하게 몸을 일으키려는데, 고개가 뒤로 확 젖혀졌다.

"잡았다. 네까짓 것이 뛰어 봤자 벼룩이지. 베트콩도 싹 다 죽이고 돌아온 특전사야, 내가!"

군인은 겨우 자기 반만 한 여고생의 머리채를 쥔 채 으스댔다.

미영은 선희에게 너라도 도망가라고 손짓했지만, 선희는 얼어붙어서 움직이지 못하고 있었다.

"빨갱이 년들 우정에 눈물이 다 나네! 그럼 같이 잡아 주마!"

군인은 미영의 머리를 잡은 채로 짐짝처럼 질질 끌면서 선희를 향해 다가갔다. 미영은 머리 가죽이 벗겨질 것 같은 고통에 비명을 질렀다. 잡힌 머리채를 빼내기 위해 머리 위로 손을 올렸다. 찢어진 손바닥에서 흐른 피가 얼굴을 타고 내려왔다. 피 칠갑

이 된 채 소리 지르는 미영을 본 선희가 무릎을 꿇고 빌기 시작했다.

"살려 주씨요! 우린 빨갱이가 아니어요!"

"빨갱이가 아니면, 왜 도망을 가! 광주 것들은 다 빨갱이야!"

"참말이오. 그냥 고등학상이랑께요. 제발 살려 주씨요!"

선희가 울면서 빌자 군인이 우월감에 취해 느긋해졌다. 미영의 머리칼을 움켜쥔 손아귀의 힘이 조금 느슨해졌다.

"이리 와! 그럼 내가 봐줄지 또 알아?"

군인은 선희에게 손가락을 까닥였다. 선희가 아랫입술을 물고 걸음을 옮겼다.

"안 돼! 오지 마!"

미영이 외치자 군인은 남은 손으로 미영의 뺨을 내리쳤다. 손이 너무 크고 억세서 입과 코에서 동시에 피가 터졌다. 군인은 그러고도 성에 안 차서 욕을 내뱉으며 주먹으로 미영의 가슴팍을 때렸다.

명치를 제대로 맞은 미영은 처음엔 숨을 못 쉬다가 갑자기 울컥하고 토악질을 시작했다. 피가 섞인 토사물이 쏟아졌다.

"아 씨, 더러워!"

오물이 튀자 군인은 찌그러뜨린 빈 캔처럼 미영을 거칠게 던졌다. 미영은 벽에 부딪혀 쓰러졌다.

"미영아!"

선희가 달려가 미영을 안으려는 순간, 이번엔 선희의 머리채가 군인 손에 잡혔다. 동시에 셔츠도 거칠게 뜯겼다. 연분홍빛 셔츠에서 하얀 단추들이 주르륵 떨어졌다.

"내가 손을 닦아야 해서 말이지!"

눈이 벌겋게 충혈된 군인은 히죽 웃으며 얼굴을 선희에게 가까이 들이댔다. 겁에 질린 선희는 말을 잃고 두 손으로 가슴을 가렸다.

"안 돼! 이 악마 새끼야!"

미영은 손에 잡히는 대로 군인에게 던지기 시작했다. 하지만 기껏해야 잔가지, 종이, 멀리 날아가지 않는 유리 조각이 전부였다. 미영은 저 멀리에 있는 캔을 집으려 몸을 굽히다가 허벅지에서 뭔가를 느꼈다.

'송곳이다!'

미영은 주머니에 손을 넣고 비틀비틀 몸을 일으켰다.

"왜 너도 도와주게? 더러운 건 좀 별로인데!"

벽에 어깨를 기대고 일어나는 미영을 보고 군인이 비웃었다.

미영은 조금씩 군인 쪽으로 걸었다. 한 손으로는 얼굴에 묻은 피를 훔치며 시선을 돌리고, 남은 손으로는 주머니 속 송곳을 꼭 쥐었다.

군인은 손에 닿을 거리까지 미영이 다가오자 입꼬리를 말아 올렸다. 동시에 미영의 어깨를 다 덮을 만큼 크고 우악스러운 손도 함께 올렸다.

그 찰나의 순간, 미영은 주머니에서 송곳을 뺐다. 두 손으로 송곳을 움켜쥐고 군인의 허벅지에 내리꽂았다. 군복 때문에 깊이 들어가진 않았지만, 예상하지 못한 공격에 군인은 비명을 지르며 두 손으로 허벅지를 잡고 나동그라졌다. 덕분에 선희가 군인의 손에서 풀려났다.

"지금이야!"

둘은 말 그대로 죽을힘을 다해 달렸다. 눈앞에 전남여고가 보였다. 미영의 코에서는 계속 피가 흘렀지만 닦을 새가 없었다. 쉬지 않고 대로변을 가로질러 학교 앞으로 뛰었다.

"제기랄!"

겨우 도착했는데 교문이 굳게 닫혀 있었다. 미영은 교문을 흔들고, 뒤따라온 선희도 교문을 마구 두드리기 시작했다.

"살려 주세요! 교문 좀 열어 주세요!"

"지발요, 문 좀 열어 달랑께요!"

한참을 울부짖어도 안에선 인기척이 없었다. 더 크게 소리 지르려던 순간, 미영의 다리가 휘청하며 꺾였다. 그러면서 갑자기 선희의 목소리도 멀게 느껴졌다. 고개를 돌리니 울면서 교문을 흔드는 선희가 희미하게 보였다.

"선희야."

눈앞이 뿌옇게 흐려졌다. 교문을 붙들지 않았다면 그대로 쓰러질 뻔했다. 미영이 정신을 차리려 애쓰는데, 사이렌 소리가 들렸다. 순찰차 한 대가 빠른 속도로 달려오더니, 미영과 선희 뒤에 급하게 멈춰 섰다. 운전석에서 익숙한 사람이 내렸다.

"얘들아! 괜찮아?"

민수 오빠였다. 오빠는 한걸음에 달려와 미영을 부축했다.

"오빠!"

"지금은 아무 말도 하지 마. 일단 집에 가자! 집에!"

"응."

오빠는 미영을 순찰차 뒷좌석에 앉혔다. 다음으로 선희를 태우고 고개를 들었는데 길 건너에 있는 군인 여럿이 보였다. 욕설과 고함이 들렸다. 사색이 된 오빠는 급하게 운전석으로 달려가며 외쳤다.

"선희야, 너도 어서 타! 빨리!"

오빠가 시동을 걸었다. 차가 앞으로 나아가려는 순간, 뒷좌석 유리창이 깨지면서 선희가 비명을 질렀다.

"꺅!"

"선희야!"

선희가 미영 쪽으로 쓰러졌다. 어깨에서 피가 흘러내렸다.

"오빠! 선희가 총 맞았나 봐. 피가 솟아. 어떡해!"

"젠장! 둘 다 고개는 숙이고, 미영이 너는 선희 피 나오는 곳을 꼭 눌러 줘!"

오빠가 이를 악물었다. 군인들의 총구가 다시 한번 차를 향했다. 총성이 이어졌다. 차가 흔들리고 불꽃이 튀었다. 오빠가 가속페달을 밟자 순찰차는 굉음을 내며 앞으로 튀어 나갔다. 달리는 차 안에서 미영은 한 손으로 피가 나는 선희의 어깨를 눌렀다.

"선희야! 괜찮아? 선희야!"

선희는 대답도 못 하고 입술만 파르르 떨었다.

밖에선 군인들의 고함과 총성이 들렸다. 총알이 차창을 스쳐 지나갔고, 유리가 깨질 듯 진동했다. 오빠는 운전대를 움켜쥔 채 이를 악물고 말했다.

"제발 버텨! 둘 다 버텨야 해!"

순찰차는 도로를 미친 듯이 내달렸다. 깨진 창문으로 바람이 몰아쳤다. 미영은 흩날리는 유리 조각과 총성에 정신이 아득해짐을 느끼면서도, 선희의 어깨를 더욱 강하게 누르며 지혈했다. 오빠가 연신 "나만 믿어."라고 했지만, 떨리는 목소리는 감출 수 없었다.

"얘들아! 조금만 버텨!"

오빠는 가속 페달을 더욱 세게 밟았다. 셋을 태운 순찰차가 빠르게 골목 안쪽으로 사라졌다.

4.
병원 – 5월 22일 목요일(맑음)

눈을 뜨자 하얀 천장이 보였다. 사람들의 소란한 목소리도 서서히 들려왔다. 고개를 돌려 보니 하얀 옷을 입은 사람들이 바쁘게 오가고 있었다.

"학상, 정신이 쫌 들어요?"

"여기 어디예요?"

"병원이어요. 그짝 오빠가 친구랑 같이 데불고 왔는디, 기억이 안 나요?"

"……"

"의사 슨상님 불러올게요. 잠시만 있어요!"

오빠, 병원, 친구.

미영은 단어 몇 개를 속으로 중얼거리다가 불현듯 외쳤다.

"선희! 선생님, 선희는요? 제 친구요!"

"안 돼! 그대로 누워 있어! 너 사흘 만에 깬 거야."

미영이 몸을 일으키려 하자 옆 침대에 있던 누군가가 재빨리 말렸다.

"친구도 치료 잘 받고 있으니까, 그냥 있어. 안 그럼 내 피가 소용없게 되잖아!"

목소리가 나는 쪽으로 고개를 돌리자 서점에서 봤던 남자가 보였다. 팔 안쪽에 꽂힌 주삿바늘에서 붉은 피가 흘러 병에 고이고 있었다.

"아저씨가 왜 여기에……."

"와! 아저씨라니, 너무하네. 나 아직 군대도 안 갔다 왔거든? 상이 오빠라고 불러 주라! 민수 친구니께. 아니, 민수 친구니까!"

상이 오빠는 광주 억양이 남은 서울말로 너스레를 떨었다.

"우리 오빠 알아요?"

"응. 같은 고등학교 다녔어. 내가 대학을 서울로 가는 바람에 요샌 뜸했지만, 나름 친했다고!"

"근데, 왜 여기?"

"주말이라 본가에 내려왔다가 못 올라갔어. 계엄군 놈들이 길을 다 막아 놓은 통에. 뭐, 잘되었제. 이래 봬도 의대생이라 여그서 꽤나 쓸모가 있다고. 봉사 지원 하고 있어."

"아, 그래서 이상한 서울말을 썼구나?"

"아니거든! 나 사투리 고쳤거든? 나가 피두 줬는디, 민수 동상

나쁘네!"

 광주 사투리와 서울말이 섞인 말투에 미영이 피식 웃었고, 상이 오빠도 따라 웃었다. 긴장이 좀 풀어지자 상이 오빠가 말을 이었다.

 "여하튼 민수 녀석, 내가 아직 의사가 아닌 줄 알면서도 날 붙들고 울더라. 너랑 네 친구 살려 달라고. 동생을 꽤나 중히 생각하더라고."

 "……."

 "일요일 저녁에도 웬 여고생 하날 데리고 와선 살려 달라더니, 지금 보니 네 생각이 나서 그랬나 보네."

 미영은 눈물이 나올 것 같았다. 보나 마나 그 여고생은 은혜일 것이다. 친구들이 민수 오빠가 병원으로 은혜를 데려가는 걸 보고 오해했다는 확신이 들자, 코끝이 찡했다. 그렇다고 마냥 기뻐할 수는 없었.

 미영은 천천히 주변을 둘러봤다. 그제야 보였다. 걷는 사람이 없었다. 하얀 가운을 입은 사람들은 모두 뛰어다니고, 침대뿐 아니라 복도 바닥까지 다친 사람들로 가득했다. 환자들은 고통에 일그러진 얼굴로 여기저기 붕대를 감고 있고, 시체를 덮은 흰 천 앞에서 목 놓아 우는 사람들도 있었다.

 "상이 오빠! 데모가 죽을 만큼 큰 죄예요? 이게 도대체 무슨 일이에요?"

"내도 데모 숱허게 혔지만, 이런 건 첨 본다."

"진짜 너무해요. 이건 계엄이 아니라 살인 게임이라고요!"

"그러게. 우리에겐 살고 죽는 일인데, 그들에겐 이기고 지는 게임인 갑다."

미영은 며칠 동안 겪은 일을 다시 떠올렸다.

"누가 있을지도 모르는 집에 최루탄을 던지고, 옷을 벗긴 사람들을 무릎 꿇려서 무자비하게 때리고, 게다가 총까지 쐈어요. 어떻게 그럴 수가 있죠?"

"독재에 반대하는 사람들이 모여 커지는 것이 무서워서 몰살시키려는 거야."

"무서워한다고요? 아무 무기도 없는 우리를요?"

"우리는 물론 약한 존재야. 맨손으로 총칼을 이길 순 없지. 계란으로 바위 치기이긴 해. 하지만 바위에 묻은 계란으로 '이 바위는 위험해요. 조심하세요!'라고 알릴 순 있지. 여럿이 모이면 더 멀리까지, 더 오래도록 알릴 수 있어."

"그게 소용이 있을까요? 너무 많은 사람이 다치고 죽고 있어요."

미영은 총에 맞아 피 흘리던 선희가 떠올랐다. 꼭 눌러도 울컥울컥 솟던 피의 뜨거움. 선희의 생명이 뭉텅뭉텅 잘려 나가는 것 같았다. 손에는 아직도 그 느낌이 생생했다. 미영은 떨리는 양손을 맞잡았다.

"지금은 무력하겠지만, 다른 사람을 위해 내 피를 내주는 일은 생각보다 훨씬 힘이 세단다. 도청 광장에서 사람들이 흘리는 피도, 여기에서 나누는 피도 마찬가지지. 하나밖에 없는 목숨을 나누며 서로를 지키고 있어. 그래서 우린 결국 이길 거야."

"아…… 모르겠어요. 너무 무서워요!"

미영은 두 손으로 얼굴을 감쌌다. 더는 피를 보는 것도, 고통받는 것도 싫었다. 자신을 때리던 군인의 벌건 눈을 두 번 다시 마주하고 싶지 않았다. 눈물이 고이려는 찰나, 익숙한 목소리가 들렸다.

"미영아!"

은혜가 침대 옆에 서 있었다.

"미영아! 니 괜찮냐?"

"은혜야! 너 괜찮아?"

거의 동시에 같은 말을 외쳤다. 덕분에 피식 웃을 수 있었다.

"난, 느그 오빠 덕분에 무사혀. 내 걱정 많이 혔지?"

"너무 다행이다! 정말 걱정했어."

"미사 끝나고 집에 가는디, 군인들이 달려와 날 때려 브렀어. 보자마자 기냥……."

"아……."

다시 보니 은혜도 여기저기에 반창고를 붙이고 있었다.

"한참 맞다가 정신을 잃었제. 깨 보니 병원이더라. 낸중에 알았어. 민수 오빠가 나를 몸으로 막아서 구했다는 거. 여그 상이 오빠가 일러 줬으야."

"그랬구나."

"나가 미안혀. 민수 오빠를 모함혀서. 여적도 시위대 구하고 다닌다든디."

"괜찮아. 너도 몰랐잖아! 그리고 나도 고마워. 무사해 줘서!"

"아휴, 나가 참말로 면목이 없어서……."

은혜는 들고 있던 큰 바구니를 흔들며 몸을 꼬았다.

"근데, 그건 뭐야?"

"아, 이거 주먹밥! 나가 만들었제. 니도 하나 먹어 볼텨?"

은혜가 따뜻한 주먹밥을 내밀었다.

"사실 말이여, 민수 오빠 아니었으믄 난 죽었을 거여. 느그 오빠랑 주위 사람들이 구해 줘서 살았당께. 그리 살아나니, 내도 갚고 싶더라고. 글서 주먹밥 만들어 시위대에 나눠 주는 중이여! 나가 할 수 있는 게 이거밖에 없잖여. 오늘도 도청 가려고 만들었는데, 미영이 너 깨어났단 소리에 병원부터 왔제."

배시시 웃는 은혜의 얼굴이 뽀얗게 빛났다. 그 미소에 미영의 마음도 손에 쥔 주먹밥만큼 따뜻해졌다.

"그럼 나도, 나도 할래."

"응?"

"나도 괜찮아지면, 너랑 같이 주먹밥 만들어 나르겠다고!"

"아! 그라자. 같이허면 더 좋제!"

'같이'라고 말하며 또다시 웃는 은혜를 보고 미영은 어쩐지 용기가 솟았다. 더는 무섭다고 눈을 감고 숨고 싶지 않았다.

미영은 손을 내밀었다. 그 손을 은혜가 꼭 잡았다. 손을 맞잡은 둘은 미소 지었다.

어쩌면 계란이 바위를 이길지도 몰랐다. 깨진 계란이 바위를 타고 흘러 거름이 되고, 그 거름으로 비옥해진 땅에서 자란 나무뿌리와 싹 들이 바위를 파고들어, 결국은 바위를 쪼개는 장면이 눈앞에 그려졌다.

5월은 봄이다. 서슬 퍼런 꽃샘추위는 봄을 이기지 못하고 물러난다. 미영은 자연의 이치를 믿고 싶었다. 자신이 할 수 있는 것을 해내며, 진짜 봄을 기다리기로 했다. 혼자서는 미약하지만 함께라면 강해지는 친구들과 함께.

고개를 돌려 보니, 상이 오빠도 미영을 보며 웃고 있었다.

봄은 오고 있었다.

5.18

ANTHOLOGY

투사의 탄생

김민성

김민성
오늘도 사무실 밖에서는 시끄러운 노래로 5월을 조롱하고 지우려 합니다. 그래서 더 더욱 하나하나 쌓아 올린 문장으로 5월을 지켜 내고 싶습니다.
책, 게임, 만화, 웹툰, 드라마, 요리, 아내와 나누는 잡담 등 소소하고 재미있는 것은 물론 멍하니 상상하는 것도 좋아합니다. 그동안 정수기 영업, 붕어빵 장사, 택배 상하차, 학습지 교사, 국회 의원 선거 홍보, 동화책 홍보, 카드 뉴스, 책 소개 영상 제작 등을 해 왔습니다. 《요괴 사냥꾼 이두억》《우리 반 테슬라》《종말 후 첫 수요일, 날씨 맑음》 등을 썼습니다.

프롤로그

처음엔 단순한 싸움이었다.

억울하고, 화나고, 말문이 막히는.

하지만 싸움이 거듭될수록

내가 모른 채 지나쳤던 진실이 보였다.

그리고 이제 나는 안다.

진짜 싸움을 해야 할 때라는 걸.

진실은 누군가의 분노가 아니라,

상처에서 시작된다는 것을.

1. 가방을 던지다

오늘은 이상하리만치 하늘이 맑았다. 창문으로 들어오는 햇빛이 교실 바닥에 네모난 격자무늬를 만들었다. 하지만 날씨와 어울리지 않게 교실 안은 팽팽한 긴장감이 가득했다.

"야, 한녹두. 너 너무한 거 아니냐? 사람한테 가방을 집어 던지다니."

녹두는 후회했다. 오재일 녀석이 신경을 거스르며 놀렸어도 평소처럼 그냥 무시했어야 했다. 아빠가 늘 강조한 대로, 몹시 화가 나도 한 번만 더 참았으면 아무 일 없었을 텐데. 그러지 못한 것이 화근이었다. 녹두는 당장이라도 자신의 머리를 쥐어박고 싶었다.

재일은 녹두가 던진 가방을 집어 들더니 반 아이들 앞에 흔들어 보이며 말했다.

"너 진짜 아무 말 안 할 거냐? 사과하는 게 당연하지 않아? 아따 느그는 '미안합니다'도 안 갈쳐 주드냐!"

재일이 되지도 않는 사투리로 빈정거리자 녹두의 눈썹이 꿈틀거렸다. 재일의 호들갑에 반 친구들의 시선이 녹두에게로 집중되었다. 누군가는 입꼬리를 슬쩍 올렸고, 누군가는 호기심 가득한 눈빛으로 이 상황을 지켜보고 있었다.

재일이 녹두를 자극한 것은 이번이 처음이 아니었다. 틈만 나면 녹두의 신경을 긁는 통에 몇 번은 참아 주었지만 결국 한계에 다다른 것이다. 가방을 집어 던진 순간부터 녹두는 재일이 이 싸움의 주도권을 쥐게 될 것을 직감했다.

점심시간이라 자리가 듬성듬성 비어 있었지만, 반에 있는 모두가 둘의 싸움을 흥미진진하게 보고 있었다. 매일 반복되는 학교생활에서 이런 갈등은 그들에게 반가운 이벤트였다.

녹두는 말없이 자리에 서 있었다. 손끝에 가벼운 떨림이 일었다. 왜 가방을 던졌을까. 잘 모르겠다. 그냥, 그 순간을 참을 수가 없었다. 목뒤가 후끈 달아오르고, 가슴에서부터 이상한 열기가 차올랐다.

"옴매. 너는 가방을 던져 놓고도 잘못이 없당께!"

재일은 느물거리는 말투로 이죽거렸다. 억지로 흉내 낸 사투리 억양. 분명 녹두를 조롱하는 것이었다. 지켜보던 아이들 중 몇 명이 킥킥 웃었다. 누구도 나서서 말리지 않았다. 녹두는 발끈해서 입을 열었다.

"그건, 네가 먼저……."

하지만 이내 말끝을 흐렸다. 재일이 먼저 시비를 걸었는데, 왜 자신이 변명해야 하는 건지 알 수 없어 머릿속이 복잡했다.

조금 전 재일은 녹두에게 슬그머니 다가와, 들으라는 듯이 노래를 흥얼거렸다.

"그게 민주화냐, 역사 왜곡이지. 오오! 전두환은 영웅, 거짓된 역사에 난 속지 않아."

어느 날부터인가 재일이 부르는 노래였다. 처음에는 녹두도 무슨 노래인지 몰랐다. 그냥 SNS에서 유행하는 것인가 싶었다. 그런데 아니었다. 그 노래는 광주를, 그리고 5·18 민주화 운동을 조롱하는 내용이었다. 그러니까 재일이 녀석은 녹두가 광주에서 전학 왔다는 것을 빌미로 놀리는 거였다.

게다가 얼마 전 조례 시간에 담임 선생님이 한강 작가의 노벨 문학상 수상을 언급하며, 광주의 아픈 역사를 짧게 소개해 준 이후로 재일의 장난은 더 심해졌다.

무엇이 계기가 되었든 간에 재일은 녹두가 광주에서 전학 왔다는 것을 자꾸만 언급하며 녹두를 가만두질 않았다. 처음에는 그러다 말겠지 했지만, 시간이 지날수록 괴롭힘은 노골적으로 바뀌어 갔다.

그런데 고작 가방 한번 던졌다고 녹두 자신이 먼저 사과해야 한다니, 울화가 치밀었다. 얼굴로 피가 쏠리고, 심장이 쿵쿵 뛰고, 목뒤가 뻣뻣한 것이 이대로 사과하고 끝내면 억울해서 평생 견딜 수가 없을 것 같았다.

그럼에도 할 것은 해야 했다. 그게 이 좁은 교실 생태계의 룰

이었다. 녹두는 차마 떨어지지 않는 입을 열었다.

"내가 미……."

그때 녹두의 머릿속에 할아버지의 얼굴이 스쳤다.

'녹두야, 그라드라. 말을 해야 할 때 못 하믄 화가 되어. 이라고 화가 되어서야 가슴에 남드라. 어허허흐.'

할아버지는 비 오는 날이면 작은 개다리소반에 막걸리와 김치를 올려 두고 우는 소리를 냈다. 그때는 그게 무슨 말인지 잘 몰랐는데, 지금은 알 것도 같았다.

"미……안……한 것이 어딨어? 야, 오재일! 나는 하나도 안 미안하다! 애초에 네가 자꾸 시비를 걸었잖아? 사과는 너부터 해야지. 네가 먼저 이상한 노래로 광주를 비하했잖아."

"아니, 뭐래. 아따 너희는 적반하장이 종특이랑께? 광주? 너네가 그렇게 자랑하는 5·18 말이야. 그게 진짜 민주화냐? 간첩이 개입한 폭동이라는 거 몰라? 유공자 명단도 공개 안 했다며. 뭔가 구리잖아."

재일이 날카롭게 쏘아붙이자 교실 안이 싸늘해졌다. 흥미롭게 지켜보던 아이들도 숨을 죽였다. 녹두는 재일을 노려봤다. 하지만 입이 떨어지지 않았다. 받아칠 자신이 없었다. 5·18 민주화 운동에 대해서 당연히 들어 본 적은 있지만, 지금처럼 누군가 막무가내로 주장할 땐 어떻게 반박해야 할지 몰랐다.

"그러면 투표할래? 누가 진짜 잘못해서 사과해야 하는지 애들 앞에서 해보자고."

재일은 얄미운 표정으로 녹두를 도발하며 이죽거렸다. 대놓고 느물거리는 재일의 말투에 몇몇 아이들이 킥킥거렸다. 반에서 아이들끼리 시비가 붙을 때면 학급 활동 시간에 '억울합니다'라는 재판 같은 것을 열곤 했다. 옳고 그름이 걸린 문제를 놓고 아이들 앞에서 서로의 입장을 이야기하고 투표를 받아 잘잘못을 가리는 것이다. 주먹으로 치고받고 해서 '생기부'에 부정적인 내용이라도 들어갔다가는 괜히 피해 볼 수도 있으니 알아서 시시비비를 가리자고 피차 합의한 것이다. 그래서 상대가 반 투표에 올리자는 제안을 거절하면 거기서 게임 끝이다. 거절한 쪽이 무조건 지는 게 반 아이들 사이의 불문율이었다. 녹두는 어깨를 움찔했다. 마음은 '좋아, 하자!'라고 말하고 있었지만, 입이 움직이지 않았다. 그럴 자신이 없었다.

"아, 그게, 나는……."

그 순간, 반 아이들 중 누군가가 작게 말했다.

"쫄았네."

그 중얼거림에 아이들의 시선이 묘하게 달라졌다. '역시나 녹두가 잘못했네.'라고 말하는 듯한 표정. 그걸로 끝이었다.

"그래, 됐다. 마음 넓은 내가 참아야지."

재일은 승리자처럼 미소 짓더니, 자기 자리로 돌아갔다. 대충 상황이 정리되자 녹두의 옆자리인 희선이 걱정된다는 표정으로 녹두를 향해 몸을 슬쩍 기울였다.

"녹두야, 괜찮아?"

녹두는 그저 고개를 끄덕이고 말았다. 반장인 정민도 희선의 옆에 와서 뚱한 표정으로 말을 건넸다.

"너는 어쩌자고 가방을 집어 던졌냐? 그것도 사람한테."

"아니, 왜 나한테만 그러냐. 차라리 저 자식 머리에 맞히기라도 했으면 속이나 시원하지."

녹두도 재일과 크게 싸울 생각은 없었다. 솔직히 이길 자신도 없었으니까. 물론 최악의 상황에서 어떻게 해야 좋을지 그려 보기는 했다. 재일이 먼저 주먹을 뻗으면 살짝 고개를 숙여 피한 후 가슴 쪽으로 파고든다. 아마 놈은 놀라 뒤로 몸을 빼면서 다른 손을 휘두를 거다. 그러면 왼팔로 막아서 흘리는 동시에 오른발 보폭을 넓혀 자세를 낮춘다. 그 뒤엔 비어 있는 옆구리에 한 방 꽂아 넣기!

하지만 '누구나 그럴듯한 계획이 있다. 처맞기 전까지는!'이라는 권투 선수 타이슨의 격언을 잊을 만큼 녹두는 무모하지 않았다. 재일과는 키가 두 뼘은 차이 나고, 팔 길이만 가늠해 봐도 함부로 덤볐다가는 주먹이 닿기도 전에 얻어터질 것이 뻔했다.

"야, 너 재일이랑 초등학교 때 친하지 않았어? 같이 놀고 그랬잖아."

정민의 말대로였다. 녹두가 초등학교 4학년 때 광주에서 막 전학 왔을 적에는 재일과 같은 아파트, 게다가 옆 동에 사는지라 꽤 친하게 지냈었다. 그런데 중학교에 진학하고 해가 갈수록 관계가 서먹해졌다. 그래도 사이가 나쁘다고 할 정도까지는 아니었는데, 최근 들어 달라진 것이다.

"너네도 알잖아. 오재일 저 자식 좀 이상해졌어."

사실, 재일은 반에서 인기가 꽤 많았다. 붙임성도 좋고 공부도 잘하는 데다, 롤 게임도 다이아 등급에 축구까지 잘했다. 그런 녀석과 시비가 붙어 봐야 녹두처럼 눈에 잘 띄지 않는 아이에게는 도움 될 것이 없었다.

"하긴 우리 반 톡방에서 요즘 재일이가 이상한 단어들을 쓰기는 하더라."

그래도 옆자리라고 희선이 녹두를 편들어 줬다. 희선의 말에 정민은 단톡방을 열어서 대화 기록을 훑어봤다.

"'라도', '7시', '슨상님' 같은 단어들?"

"응, 그런 말들. 나 보라고 일부러 쓰는 거야."

"이게 왜?"

고개를 갸웃거리는 정민에게 그 단어들의 뜻을 설명하려니 녹두는 속에서 열이 확 뻗쳤다.

"그거 있지, 내가 광주에서 왔다고 놀리는 말들이야."

희선과 정민은 녹두의 말을 잘 이해하지 못한 눈치였다. 당연하다. 저런 표현은 일부 사람들이 인터넷에서나 쓰는 말들이었으니까. 녹두도 직접 찾아보기 전까지는 그런 뜻인 줄 몰랐다.

"'라도'는 전라도를 말하는 거야. '7시'는 호남 지역이 시계의 7시 방향에 있다는 의미로 쓰는 거고. '슨상님'은 호남 사람들이 김대중 전 대통령을 '선생님'이라고 부른 데서 따 왔어. 사투리로 '슨상님'이라고 하거든."

녹두의 말에 정민의 표정이 조금 굳었다. 희선은 여전히 어리둥절한 얼굴이었다.

"그러니까 지역 비하 표현을 너한테 자꾸 쓴 거구나?"

"내 말이 그거야. 언제부터인가 신경에 거슬리는 말을 계속 던지는데, 어떻게 참냐?"

"그나마 이러고 끝나서 다행이야. 투표에 올렸다가 더 시끄러워지면 피곤한 일이잖아."

말을 마친 정민이 자리로 돌아가고 희선이 녹두에게 슬쩍 응원의 말을 남겼다.

"나는 잘 모르기는 하지만, 녹두 네 말을 들으니까 좀 심각한 느낌이다. 그래도 너무 스트레스 받지 마. 너만 손해잖아."

녹두는 희선의 말에 그저 고개를 끄덕일 수밖에 없었다. 녹두는 그날 하루 종일 수업에 집중하지 못했다. 교실 어디에도 편히 눈 둘 곳이 없었다. 하필이면 창밖으로 보이는 하늘은 여전히 맑고 푸르렀다.

이렇게 맑은 날인데도 녹두의 마음 한가운데에는 먹구름이 자욱하게 깔려 있었다.

2. 용호 엄마

"아, 씨. 우리 정글은 핑을 찍었는데 왜 안 오냐고!"

녹두는 참지 못하고 키보드를 내리쳤다. 학교에서 있었던 일로 받은 스트레스를 게임으로 풀어 보려고 했지만, 상대 캐릭터에게 자꾸만 죽어 나가자 오히려 스트레스가 곱절로 쌓일 뿐이었다. 게다가 침대에는 녹두의 스트레스를 더해 줄 존재가 도사리고 있었다.

"허접. 네 실력이 떨어지는 건데 왜 정글을 탓해?"

녹두는 누나인 윤하의 말을 되받아치고 싶었지만 불가능했다. 어릴 때부터 누나를 이겨 본 적은 단 한 번도 없었다. 대한민국에서 말로 여자 형제를 이길 수 있는 남자애가 있다면 얼마든지

존경해 주겠다는 생각이 들 정도였다.

"아아, 예. 제가 잘못했네요. 그러니까 그 만화책 가지고 누나 방으로 좀 가라, 응?"

"됐고, 무슨 일인지 말해 봐."

"뭘?"

"아주 저녁 내내 찡찡한 것이, 너 학교에서 무슨 일 있었지?"

윤하의 예리한 지적에 녹두는 그날 있었던 일을 털어놓기 시작했다. 애써 쌓아 두었던 둑이 와르르 무너진 것처럼 말이 쏟아졌다. 그렇게 한참을 거칠게 속내를 털어놓았더니 어쩐지 마음이 좀 풀렸다.

"음, 그러니까 네가 가방을 집어 던진 일이 문제가 되었다는 거잖아?"

"그렇지."

"너는 재일이란 놈이 먼저 시비를 건 것 때문에 화가 나서 그런 거고?"

"맞아. 그래서 내가 왜 화를 참을 수 없었는지 반 아이들에게 말해야 했어."

녹두의 타는 속을 아는지 모르는지, 윤하는 대수롭지 않게 툭 던지듯 이야기했다.

"그게 잘됐겠냐? 그럴 때는 그냥 판을 뒤집었어야지."

윤하의 이해 못 할 말에 녹두는 미간을 찌푸렸다.

"그게 무슨 소리야?"

"그러니까 들어 봐. 인간은 말이지, 논리적으로 옳다는 것을 이해하기보다는 '쟤가 나빴다'는 것을 감정적으로 받아들이는 게 빠르다고. 그 상황에서 녹두 네가 옳다는 것을 논리적으로 설명해 봤자 애들이 들었겠냐? 초점을 거기에 맞추면 안 된다는 거야."

"그럼 내가 어떻게 했어야 하는데?"

"애들 앞에서 다 깠어야지. 재일이란 놈이 너한테 어떤 짓을 했는지, 단톡방에 올린 메시지의 내용이 뭔지, 5·18을 조롱하는 것이 얼마나 나쁜 짓인지, 다 뭉뚱그려서 말했어야지. 그놈이 얼마나 한심하고 개념 없는지 밝혔어야 했는데."

"아니, 그건 좀……."

윤하는 딱하다는 표정으로 녹두를 빤히 쳐다보았다.

"야, 동생아. 그럴 때 진짜 중요한 것은 말이야, 그냥 그 새끼를 조지겠다는 강력한 독기라고."

녹두는 윤하의 말을 들으며 '도대체 누나는 어떤 고등학교 생활을 하고 있는 걸까?' 생각했다. 그때 녹두의 스마트폰이 울렸다. 화면에는 '아바마마'가 찍혀 있었다.

"녹두야."

"네, 아빠?"

"그래, 아빠가 지금 광주 내려가는 중이다."

"광주요?"

"응. 고모할머니께서 돌아가셨어."

순간 녹두는 머릿속이 멍해졌다. 할아버지의 여동생인 고모할머니는 명절 때마다 찾아뵈었던 분이다. 늘 다정한 미소로 녹두를 반기며 등을 토닥여 주곤 했다.

"갑자기요?"

"며칠 전부터 많이 편찮으셨던 것 같아. 연락이 늦게 왔더라."

아빠의 목소리는 평소보다 낮고 조심스러웠다.

"혼자 계시던 분이라 아빠가 상주 역할을 해야 해서 며칠은 광주에 있어야 할 것 같아. 옷이랑 다른 짐들 좀 챙겨서 엄마랑 같이 내려오고……. 할머니가 널 무척이나 예뻐하셨는데."

"네…… 알겠어요."

녹두는 얼떨떨한 얼굴로 전화를 끊었다. 막 방 밖으로 나가려던 윤하는 심상치 않은 분위기를 눈치채고 물었다.

"무슨 일이야?"

"고모할머니, 돌아가셨대."

윤하의 얼굴도 금세 굳어졌다.

"갑자기?"

"응. 아빠가 지금 광주로 내려가고 있대. 우리도 엄마랑 같이 내려가야 할 것 같아."

다시 침대에 앉은 윤하는 잠시 조용히 있다가 입을 뗐다.

"고모할머니, 혼자 사셨던 거지?"

"응. 예전에 아들과 남편을 다 잃고 그 뒤로 쭉 혼자셨대. 그래서인지 명절에 가면 항상 반가워하셨어. 아빠랑 나를 보면 꼭 안아 주시고……."

녹두는 지난 과거를 떠올렸다. 아빠를 보며 눈가가 촉촉해지던 할머니의 표정, 유난히도 녹두의 손을 꼭 잡던 따뜻하고 주름진 손. 지금 생각하니 왜 그렇게 반가워하셨는지 조금은 알 것도 같았다.

다음 날, 녹두는 가족들과 함께 광주로 향했다. KTX 차창 밖으로 흘러가는 풍경 속에 녹두의 마음도 천천히 움직이기 시작했다. 왠지 모르게 이 길 끝에 중요한 진실이 기다리고 있을 것만 같았다.

광주송정역에 도착했을 때, 날씨는 생각보다 서늘했다. 장례식장에 들어서자 검은 상복 차림의 아빠가 보였다. 아빠는 상주를 표시하는 완장을 오른팔에 달고 조문객을 맞이하느라 정신이 없었다.

녹두는 조심스럽게 빈소 앞에 섰다. 향냄새가 풍겼다. 영정 사진 속 고모할머니는 언제나 그랬던 것처럼 다정한 얼굴이었다.

"할머니……."

"잘 왔다. 할머니가…… 많이 반가워하실 거다."

녹두는 아빠가 가르쳐 주는 대로 절을 하고 물러났다. 그런 뒤엔 옷을 갈아입고 윤하와 함께 조문객이 나간 자리를 정리하거나, 빈소 밖에서 손님에게 물을 건네는 일을 도왔다. 녹두는 낯선 손님들이 오가며 슬쩍 쳐다보는 순간이 어색했지만, 누군가의 마지막을 함께한다는 생각에 묘하게 마음이 차분해졌다. 한창 붐볐던 조문객들이 슬슬 빠져나가면서 한숨 돌릴 무렵이었다. 녹두 곁에 누군가 다가왔다.

"아가, 니가 경자 언니 조카 손주냐?"

처음 보는 아주머니였다. 자잘한 눈가 주름이 웃는 얼굴을 따라 퍼졌다. 그 옆에는 수염이 듬성듬성한 아저씨도 함께 있었다.

"나는야, 옛날부터 경자 언니랑 같이 댕겼어야. 시민 모임 같은 데서. 을마 전까정만 해도 국회도 같이 갔었어야."

"국회요?"

"잉. 5·18 관련해 가꼬. 그 정신을 헌법에 넣자는 청원을 하러 갔었단 말이다. 느그는 몰랐는 갑다잉. 쯧, 그랑께 언니는 그란 사람이기는 하제. 본인 야그보다는 맨날 놈들 속야그 들어 주는 것을 더 좋아했어야. 그마저도 당신 아들이랑 남편 야그는, 몇 년 전부터는 아예 입에도 안 담드라."

녹두는 아주머니의 말에 고모할머니가 어떤 분이셨을지 궁금해졌다.

저녁이 되자, 조문객들이 하나둘 다시 모였다. 어떤 이는 같은 동네에서 함께 지낸 아주머니였고, 어떤 이는 민주화 운동 시민단체에서 온 분이었다. 그들은 한 자리에 모여 앉아 두런두런 할머니의 삶에 대해 이야기하기 시작했다. 하얀 비닐이 깔린 상 앞에 앉은 머리가 하얗게 센 할머니가 먼저 말을 꺼냈다.

"80년 5월에야, 그때 언니는 도청 근처에 있었어야. 난리도 그런 난리가 없었제. 전대병원, 조대병원, 기독병원, 적십자병원으로 막 사람들 싣고 가고, 또 우리는 나온 사람들 먹인다고 주먹밥 만들고, 물 챙기고야."

늦은 저녁을 먹기 위해 녹두도 아빠와 함께 자리를 잡고 앉아 이야기를 들었다.

"그때 용호가야, 학교 끝나고 집에 와 본께 즈그 엄마가 없었던 거여. 그 애린것이 엄마 걱정이 안 되았겠냐? 지 딴에는 엄마 찾는다고 도청으로 온 것이여. 그란디 해필이면 그때……."

"총에 맞았다고 들었어요."

아빠는 녹두가 처음 듣는 이야기를 털어놓았다. 그러고는 녹두와 윤하를 향해 말했다.

"고모님은 용호 형님 이야기를 삼가셨어. 그래서 너희 할아버지도 속을 많이 끓이셨고. 너희가 잘 모르는 것이 당연해."

"잉. 그 양반 성격에 그럴 만해. 으쨌든지야, 언니가 주먹밥 나눠 주고 있는디 누가 와 가꼬 그랬어야. 용호 같아 보이는 학생이 총 맞어 가꼬 쓰러졌다고야. 언니는 하던 거 다 땡겨불고 아들 찾아 가꼬 시내를 뒤졌어야. 첨엔 찾도 못했어. 그라다가 운이 좋아 가꼬 누가 기독병원에 뭔 학생이 실려 갔다 그랑께 거그까정 달려갔제."

할머니는 물을 한 잔 마시고 말을 이었다.

"이미 하얗게 이라고 덮어 놨드란다. 언니는 그 자리에서 실신하고, 뒤늦게 온 형부는 기가 막혀서 으찌케 말을 못 했다고 하드라. 쯧. 그란디 언니네만 그랬겠냐. 그때 죽은 사람이 한둘이 아니었는디."

이야기를 듣고 있던 다른 할머니가 말을 이었다.

"그날 계엄군에게 맞어 가꼬 머리가 터진 사람도 있었고, 실종된 사람도 징하게 많았어야. 우리 형님은 마당서 밖에 으찐가 살펴보다가 으디서 날라온 총에 맞어 가꼬 돌아가셨어야."

"우리 시아주버니는 무람없이 계엄군한테 끌려가서 고문당하고 다쳐 가꼬 평생을 다리를 절었어라."

"잉. 그때는 그란 것도 명확하게 말을 못 했어야. 기가 막혔제. 어느 부대였는지도 모르고. 계엄군이 총을 쐈다는 걸 입증도 못 한께. 그냥 애기가 길을 가다가 쓰러졌고, 병원에서 숨졌다고 끝나 브렀어. 그때는 것이 전부였어야."

그 자리에 앉은 어른들은 모두 고개를 끄덕였다. 누군가는 이를 악물었고, 누군가는 조용히 눈시울을 붉혔다.

"그때, 언니 남편이 시청 공무원이었는디야. 그란디 그 일 이후로 속병 얻어 가꼬 을마 못 가 돌아가셨지."

"잉. 경자 언니는야 유족회 활동을 더 불이 나게 했당께."

깊은 주름이 파인 아저씨가 한쪽에서 잔을 기울이며 말을 받았다.

"그람서 유족회 활동한다고 우리가 모진 일도 겁나게 당했제. 뭔 일만 있으면 경찰서 오라 하고 전화 오고 감시하고 그랬단 말이다. 저그 저 형님은 상무대 영창으로 끌려가 가꼬 매도 많이 맞었어."

"우리는야 그라드라. 담벼락 밑에서 서럽게 울고 슬퍼하는 것은 냅둬도야, 거리로 나가서 화내고 소리칠 권리는 안 주드란 말이다. 날이믄 날마다 정보과 형사들이 들여다보고 감시하고 그라믄서 살았당께."

"그랬제. 어쩐 날은야 정보과 형사가 찾아와서 언니한테 그랬어야. '아줌마, 너무 시끄럽게 안 다니면 좋겄소.' 그랬드만 언니가 뭐라고 그랬는지 아냐?"

"뭐라고 하셨어요?"

녹두가 물었다.

"나는 무서워서 죽겄는디야. 언니는야 아조 눈을 똑 뜨고 그라드라. '난 아줌마 아니요. 나는 용호 엄마요. 이 진상이 제대로 밝혀지지 않으믄 나는 조용히 못 하겄소. 맘대로 하쇼!' 함서 바락바락 소리 질렀어야. 엄마가 되어서 아들 억울함을 으찌케 못 밝혀 주겄냐고 함서."

"잉. 맞어, 맞어. 그랬제, 그랬어. 그때부터 다들 더 억척스럽게 싸우러 댕겼어."

'용호 엄마.' 그것이 어느새 고모할머니의 이름이 되었다. 모두가 또렷이 기억하고 있었다. 밤이 깊도록 그곳에 있는 사람들은 자신이 겪었던 기막힌 일들을 넋두리하듯 털어놓았다.

1980년 5월에 누군가를 잃은 사람들, 운이 좋게 혹은 가까스로 죽음을 피했던 사람들, 누군가의 죽음을 지켜본 사람들이 한자리에 앉아서 더는 조문객이 오지 않을 때까지 옛이야기로 빈소를 가득 채웠다. 때론 훌쩍이고 때론 별 우습지도 않은 것에 웃음을 터뜨리며 저마다 그 누군가를 그리워하고 있었다. 누구도 그날 이후의 시간을 그냥 살지는 않았다. 각자 가슴에 돌 하나씩 얹고, 한과 설움을 녹이며 살아 내고 있었다.

그날 밤, 가족들만 남은 조용한 빈소에서 아빠가 작은 노트 한 권을 꺼냈다.

"이건 고모할머니가 마지막까지 곁에 두셨던 거야."

빛바랜 표지 안쪽엔 작은 글씨들이 빼곡히 적혀 있었다. 5·18 당시의 기록, 가족의 이름과 전화번호, 그리고 몇 번이고 쓴 '강용호'라는 이름. 녹두는 가슴이 뻐근해졌다. 고모할머니에게서는 이 이야기를 한 번도 듣지 못했지만, 꾹꾹 눌러쓴 그 이름 하나로 모든 것이 전해졌다. 억울하게 죽은 아들의 진실을 밝히기 위해 어떤 싸움에도 물러서지 않는 당당함. 녹두는 고모할머니의 목소리가 귀에 맴도는 듯했다.

'난 아줌마 아니요. 나는 용호 엄마요.'

조용하지만 단단한 목소리. 녹두는 그 말 한마디가 무엇을 지켜 냈는지를 느낄 수 있었다.

3. 투표의 날

월요일 아침, 학교 복도는 늘 그랬듯 분주했다. 발소리, 인사 나누는 소리, 누군가의 짓궂은 웃음소리로 시끌벅적거렸다. 녹두는 그 소란함 속에 섞이지 못한 채, 교실 문 앞에서 한참을 멈춰 서 있었다. 마음속에 무거운 돌 하나가 걸린 것처럼 발걸음이 쉽게 떨어지지 않았다.

문을 열고 들어가자, 교실 안의 시선 몇 개가 툭툭 날아들었다. 짧고 빠르게. 녹두는 어깨를 움찔했다.

"어라, 돌아오셨네. 광주 유공자님."

재일이었다. 재일은 앉은 자리에서 몸을 돌려 녹두를 바라보았다. 그 비아냥거림에 옆에 있는 몇몇 아이들이 피식 웃었다.

녹두는 그들을 외면한 채 자리에 가서 가방을 내려놓았다. 심장이 천천히, 그러나 크게 뛰기 시작했다. 재일은 오늘도 이기죽거리며 녹두를 자극했다.

"광주에 갔다 오시더니, 뭐 깨달은 거라도 있냐?"

녹두는 천천히 고개를 들었다.

"어. 있어."

"뭔데?"

"돌아가신 분은 우리 고모할머니셨어. 나도 이번에 처음 알았는데, 5·18 때 고모할머니는 전남도청 근처에서 주먹밥을 만들어 나눠 주셨대. 근데 그때 고모할머니의 아들이 엄마를 찾으러 나왔다가 계엄군의 총에 맞아 목숨을 잃었대."

예상치 못한 녹두의 대답에 교실이 조용해졌다. '쨍' 하고 금이 가듯 재일도 잠시 멈칫했다.

"그래서, 뭐?"

"그 일로 고모할아버지는 병을 얻어 돌아가시고 고모할머니는 혼자 남았어. 그리고 돌아가시는 마지막 순간까지 1980년 5월에 무슨 일이 있었는지 진상을 밝히기 위해 전국을 다니셨어."

재일은 한순간 눈빛이 흔들렸지만 애써 무심하게 말했다.

"고모할머니 일은 안됐지만. 그런다고 뭐가 바뀌는데? 난 그냥 '진실'이 궁금한 거야. 왜 유공자 명단을 공개하지 않는지, 왜 5·18은 간첩이 개입한 거란 말이 계속 나오는지."

"넌 그게 궁금한 게 아니야."

"뭐?"

"궁금한 척하면서 사람을 조롱하는 거지. 내가 5·18을 잘 모르는 것 같고, 제대로 대답하지 못하니 일부러 그러는 거잖아."

어떤 아이들은 고개를 숙였고, 어떤 아이들은 둘 사이를 번갈아 보며 불안한 표정을 지었다. 재일이 되물었다.

"그래서 이제 반박해 보려고? 너님께서 5·18 전문가라도 되신 거냐?"

"아니. 그건 아니지만 고모할머니의 이야기를 듣고 조문 오셨던 분들의 얼굴을 보고 나니까 제대로 알고 싶어졌어."

녹두는 반장인 정민을 바라보았다. 그러고는 다시 재일을 향해 눈을 돌렸다.

"그거 하자, 투표. 지난번에 나한테 투표하자고 했잖아."

녹두의 기세에 눌린 재일은 움찔했다. 갑자기 입장이 바뀌자 재일은 더 자극받아 소리쳤다.

"해! 그러면 내가 쫄 거라고 생각했냐? 좋아. 20만 원 빵, 하자고."

재일의 말에 정민이 대답했다.

"알았어. 이번 주 금요일 학급 활동 시간에 하자. 선생님께는 미리 말씀드려 놓을게. 그렇지만 돈내기는 안 돼."

재일은 어깨를 으쓱이며 답했다.

"아 씨, 20만 원 벌 수 있었는데 아깝네. 알았어. 어쨌든 난 할 말이 많거든."

수업이 시작되자 술렁이던 분위기는 일단 가라앉았다. 하지만 녹두의 마음은 오히려 더 뜨거워졌다. 이번만큼은 정말 제대로 말하고 싶었다.

녹두가 머릿속으로 이런저런 생각을 하고 있을 때, 희선이 메모지에 뭔가를 적어서 툭 던졌다.

'녹두야, 응원할게.'

녹두는 메모를 확인하고 희선을 쳐다보았다. 희선은 담임의 눈을 피해 오른 주먹을 들어 보였다. 그리고 입 모양으로 벙긋벙

굿 '파이팅'을 외쳤다.

집에 오자마자 녹두는 5·18 민주화 운동 관련 자료를 찾아보기 시작했다. 광주 5·18 기념재단 홈페이지에도 들어가 보고, 교육청에서 만든 카드 뉴스, 다큐멘터리 영상 들도 찾아보았다. 그동안 '민주화 운동'이라는 단어로만 묶여 있던 것들이 하나하나 사람의 얼굴과 이름을 갖게 되었다.

"누나, 나 재일이랑 투표하기로 했어. 금요일에 할 거야."

녹두는 학원에서 돌아온 윤하를 보자마자 말했다.

"좋았어, 그런 독기. 그런데 어떻게 시작할 거냐?"

"솔직히 잘 모르겠어. 어디서부터 시작해야 할지도 모르겠고. 애들 앞에서 말하다가 또 말문이 막힐까 봐 걱정돼."

윤하는 고개를 끄덕이며 자기 방에 가방을 내팽개치고는 노트북을 들고 나왔다.

"그럼 지금부터 연습하자. 판을 뒤집어야지. 내가 재일이 역할을 할 테니까, 넌 녹두 역할을 해."

"뭐야? 그건 그냥 나잖아!"

"어쨌든 해 보자고. 준비는 많이 해 둘수록 좋아."

녹두는 갑자기 달라진 윤하의 태도가 의심스럽기는 했지만, 지금은 앞뒤 가릴 상황이 아니었다.

윤하는 침대 위에서 노트북으로 5·18 자료를 검색했다. 녹두는 고모할머니 장례식에서 받은 인쇄물과 자신이 정리해 둔 자료를 책상에 펼쳤다.

"녹두야, 이 영상 좀 봐. 제목이 '광주의 진실'인데 이상한 말만 하고 있어."

윤하가 노트북 화면으로 5·18과 관련된 가짜 영상들을 보여 주었다.

"헉! 누나, 여기 댓글 봐. '5·18은 간첩 소행'이라는 말이 추천을 제일 많이 받았네. 이건 진짜 너무하잖아."

녹두는 화면을 저장해서 인쇄했다. 그러곤 손에 쥔 형광펜으로 몇 가지 표현에 줄을 그었다. '5·18은 폭동이다', '보상금 수십 억', '유공자 특혜' 등등. 그러면서 하나하나 반박할 수 있는 정보들을 정리했다.

"자, 그럼 한녹두, 투표에선 어떤 식으로 말할 거야?"

"일단은 고모할머니 이야기를 할 거야. 그게 제일 중요해. 그냥 추상적인 역사가 아니라, 그 현장에 진짜 사람이 있었다는 걸 보여 줘야 하니까."

"좋아. 그다음은?"

"유공자 명단 비공개 문제, 간첩설, 그리고 왜곡된 정보들에 대해 반박해야지. 통계랑 공식 발표 같은 정확한 자료들을 보여 줄 거야."

"시각 자료도 만들어야 해. 그거 알아? 발표할 때 말만 하면 집중을 못 하더라고. 슬라이드에 사진이랑 영상 캡처본도 넣어."

"오케이."

"이젠 실전처럼 연습해 보자. 재일이가 이렇게 말하면 어떻게 할래?"

그러면서 윤하는 목소리를 깔고 말했다.

"그거 다 좌파들이 만든 자료 아니야? 난 못 믿겠어."

녹두는 숨을 고르고 답했다.

"그럼 어떤 자료를 믿을 수 있는데? 국방부도, 정부도 다 공식 입장을 발표했어. 여섯 차례 진상 조사 끝에 간첩 개입은 없었다고 결론을 냈다고. 그렇게 막무가내로 무시하면 안 돼."

둘은 그렇게 한참 대화를 주고받았다. 마치 연극을 준비하듯, 한 문장 한 문장을 정리하며 말할 때 시선을 어디에 두어야 할지까지 연습했다.

녹두는 투표의 날에 발표할 첫 문장을 적었다.

'나는 1980년 5월 광주에서 사랑하는 아들을 잃은 분의 이야기를 하려고 합니다.'

그 문장을 시작으로, 마음속에 담아 두었던 말들이 쏟아져 나왔다. 한 단어씩 써 내려갈 때마다 녹두는 마음속의 무거운 짐이 풀리는 기분이었다.

깊은 밤, 녹두는 침대 옆에 기대어 한숨을 쉬었다. 주방에서 물을 가져온 윤하도 그 옆에 앉았다.

"하……. 실제로 애들 앞에 서면 어떨지 모르겠어."

"긴장해도 괜찮아. 중요한 건 네가 진심이라는 거야. 아이들도 분명 알아줄 거야."

녹두는 윤하를 바라보며 고개를 끄덕였다.

"응, 진심으로 말할게. 이건 내 이야기이기도 하니까."

녹두와 윤하는 그 뒤로도 한참을 더 발표 준비를 했다. 누군가를 설득하기 위해서가 아니라, 진실을 알리고 싶어서였다. 녹두는 처음으로 '누군가'의 아픔을 '나의 말'로 옮기는 연습을 하고 있었다.

금요일. 녹두는 아침부터 가슴이 두근거렸다. 복도에서 마주치는 친구들의 얼굴이 괜히 신경 쓰였다. 재일은 언제나처럼 웃고 있었고, 오히려 여유로워 보이기까지 했다.

학급 활동 시간이 되었다. 반장인 정민이 조용히 교탁 앞으로 나왔다.

"자, 지금부터 한녹두와 오재일의 '억울합니다' 시간을 시작하겠습니다. 두 사람은 각자 자리에 서 주세요."

아이들이 술렁였다. 평소에 이 시간은 흥미로운 볼거리일 뿐이었지만, 이번엔 분위기가 달랐다. 다들 이상하게 조용했고, 긴장감마저 감돌았다.

"먼저, 오재일 친구부터 이야기해 주세요."

재일은 어디 선거에라도 나가는 사람처럼 손을 휘휘 흔들었다. 그 모습에 몇몇 아이들이 키득거렸다. 재일은 나름대로 준비를 한 듯 또박또박 말을 꺼냈다.

"저는 지난주에 한녹두 친구가 저에게 가방을 던진 일에 대해 사과를 받고 싶습니다. 녹두는 제가 광주를 비하했다는 이유로 화가 났다고 했습니다. 그 점은 인정하지만, 그렇다고 물리적인 폭력을 행하는 것은 옳지 않다고 생각합니다."

아이들 몇 명이 고개를 끄덕였다. 재일은 말을 이었다.

"그리고 저는 5·18에 대해 궁금해서 질문을 했을 뿐입니다. 그게 정말 민주화 운동이 맞는지, 왜 유공자 명단을 공개하지 않는지, 왜 간첩이 개입했다는 이야기가 나오는지 의문이 들었거든요. 궁금증을 말했다는 것만으로 공격을 받는 건 부당하다고 생각합니다."

정민의 시선이 녹두에게 향했다. 종이를 쥔 녹두의 손이 작게 떨렸다. 녹두는 자신에게로 몰리는 아이들의 시선을 느꼈다.

"재일이 말이 맞습니다. 일단 제가 가방을 던진 것에는 잘못을 인정하겠습니다. 그리고 그 부분에 대해서 재일이에게 먼저 사과하겠습니다."

녹두가 잘못을 인정하자 재일은 당황했다. 녹두를 긁을 말을 잔뜩 준비했는데, 그 말들을 할 수 없어 허무해졌다. 재일은 김 빠진 얼굴로 녹두의 다음 말을 기다리는 수밖에 없었다.

"그런데 말입니다, 그 전에 여러분이 들어 줬으면 하는 이야기가 있습니다."

녹두는 전자 칠판에 밤늦게까지 준비한 슬라이드를 띄웠다. 제목은 이랬다.

용호 엄마의 이야기

아이들이 웅성거렸다. 녹두는 첫 장을 넘겼다. 장례식장에서 찍은 사진 밑에 글이 적혀 있었다.

1980년 5월. 전남도청 앞에서 주먹밥을 만들던 엄마.

그 엄마를 찾으러 간 아들. 그리고 돌아오지 못한 아이.

아이들의 표정이 달라졌다. 장난스러움은 사라지고, 순식간에 집중한 얼굴들이 교실을 가득 메웠다.

화면이 넘어가며, 당시 기사와 기록 사진이 나왔다. 병원 앞에서 울고 있는 사람들, 도청 앞에서 주먹밥을 만들어 나누는 사람들, 헌혈하기 위해 길게 줄을 선 사람들까지.

"이번에 광주에 갔다가 이 이야기를 들었습니다. 책이나 인터넷에서 본 게 아니라, 그분들을 직접 보고 목소리를 들었습니다.

그리고 이제 알게 되었습니다. 5·18은 단순히 숫자가 아니라 사람이라는 것을요. 각각의 얼굴, 각각의 이름이 있었던 것입니다."

녹두는 잠시 말을 멈췄다. 숨을 고르고 아이들을 바라봤다.

"재일이가 그랬습니다. 유공자 명단이 공개되지 않는 게 의심스럽다고요. 그런데 생각해 보십시오. 여러분의 가족 중 누가 그런 일을 당했는데, 다른 사람들이 자꾸 '그 사람 진짜 피해자 맞아?' 하고 의심하고, 이름을 공개하라고 요구하면 어떨 것 같습니까? 정말이지 가혹한 일입니다."

몇몇 아이들이 고개를 숙였다.

"그리고 간첩이 개입했다는 이야기. 지금까지 여섯 번이나 국가 차원에서 진상 조사를 했는데, 단 한 번도 북한이 개입한 증거는 없었다고 합니다. 다 확인된 사실임에도 불구하고 아직도 그런 말이 떠돌아다니고요."

교실은 조용했다. 정민은 메모하던 손을 멈추고 녹두를 바라보았고, 희선은 눈시울이 붉어진 채 고개를 끄덕였다.

"재일이는 가방을 던진 제 행동이 잘못이라고 했습니다. 맞습니다. 아무리 화가 났어도 그런 방식으로 푸는 건 아니었습니다. 반성합니다. 하지만 그 화는, 그날 갑자기 생긴 게 아니었습니다. 광주 출신이라는 이유로 놀림당하고, 업신여김을 당하는 과정에서 화가 쌓였던 것입니다."

녹두는 마지막 슬라이드를 띄웠다. '국립 5·18 민주 묘지'의 사진이었다. 줄을 맞추어 서 있는 돌 비석 하나하나에 새겨진 이름들. 거기에는 그들이 태어난 날짜와 목숨을 잃은 그날의 날짜가 남겨져 있었다.

"저 비석들에 새겨진 이름들은 모두 실제로 존재했던 사람들입니다. 누군가의 친구였고, 부모였고, 형제였고, 누군가의 전부였습니다. 우리는 그들의 이야기를 반드시 기억해야 합니다."

녹두가 마지막 말을 마치자, 정민이 조용히 말했다.

"이제 두 사람의 이야기를 들었고, 나머지는 우리 반 친구들의 회의와 투표를 통해 판단하겠습니다. 두 사람은 잠시 복도로 나가서 기다려 주세요."

복도에 선 녹두는 그제야 길게 숨을 내쉬었다. 교실 문 너머로 작은 웅성임이 들려왔다. 재일은 가만히 벽에 기대 서 있었다.

"……준비 많이 했더라?"

재일의 말에 녹두는 고개를 돌려 바라봤다.

"응. 진심을 전하고 싶었으니까."

재일은 한참 동안 아무 말이 없었다. 그러다 작게 중얼거렸다.

"쓸데없이 진지하긴. 야! 나도 미……미안했다."

그때였다. 교실 문이 열리고 정민이 얼굴을 내밀었다.

"결과 나왔어. 들어와."

녹두는 고개를 끄덕이고는 교실로 들어섰다. 아이들은 정면을 바라보고 있었다. 정민이 조심스럽게 말했다.

"최종 투표 결과입니다. 열두 표 대 여덟 표로 우리는 한녹두 친구의 손을 들어 주기로 했습니다."

박수는 없었다. 아무도 환호하지 않았다. 하지만 그 조용함 속에서, 녹두는 뭔가가 바뀌었다는 것을 느꼈다. 전에는 아이들이 바라보는 눈빛이 부담스러워 피하고만 싶었다. 그런데 지금은 괜찮았다. 그것만으로도 충분했다.

그날 이후 교실 분위기는 묘하게 달라졌다. 누가 시킨 것도 아닌데 아이들은 조금 더 조심스럽게 말하고, 서로의 표정을 한 번 더 살폈다. 재일은 여전히 저와 비슷한 친구들과 어울렸다. 그러나 예전처럼 장난을 과하게 치거나, 녹두를 비꼬는 말은 하지 않았다. 그렇다고 녹두와 말을 섞거나 친하게 지내는 건 아니었지만 이전의 어색한 적막은 걷혀 있었다.

에필로그

"진짜로 그거 들고 갈 거야?"

녹두는 윤하의 손에 들린 물건을 보고 눈을 크게 떴다.

"왜?"

윤하는 뭐가 문제냐는 듯 당당하게 말했다.

"아니…… 그건 누나가 목숨처럼 여기는 '방황하는 아이들' 응원봉 아니야?"

하얀 손잡이 위에 달린 투명한 구체. 그 안에서 별이 반짝이고 있다. 윤하가 신줏단지 모시듯 애지중지하는 아이돌의 응원봉이었다.

평화로워야 했을 어느 토요일. 녹두와 윤하는 광화문 집회에 나가기로 한 것이다.

"도대체 그걸 왜 들고 가? 팬 미팅이나 콘서트 때나 쓰는 거 아니야?"

녹두의 잔소리에도 윤하는 개의치 않는다는 듯 응원봉을 번쩍 들어 보였다. 그러고는 단호하게 말했다.

"이건 나한테 제일 소중한 응원 굿즈야. 우리 집에서 가장 밝게 빛나는 것이지."

그러더니 윤하는 굳은 얼굴로 덧붙였다.

"그런 생각이 들었어. 우리 오빠들이 마음껏 노래하는 세상을 만들려면 응원봉을 지금 꺼내야 한다고. 오빠들을 응원하는 마음으로 민주주의를 외쳐야 할 때라고. 그렇게 한 소녀의 영혼이 울부짖고 있더라."

"아, 뉘에 뉘에. 누나가 그렇다면 그런 것이겠지요오."

윤하는 응원봉을 손에 꼭 쥐고 앞장서며 말했다.

"가자, 녹두야. 가서 우리의 목소리를 내자."

녹두와 윤하는 지하철에서 내리자마자 엄청난 인파에 합류했다. 그 파도를 타고 천천히 앞으로 나아가고 있는데, 갑자기 녹두의 마음속에 어떤 사명감이 피어올랐다. 고모할머니 생각이 난 것이다.

"누나."

"응?"

녹두는 목소리에 힘을 주었다.

"나는 절대 지치지 않을 거야. 그리고…… 지지도 않을 거야."

윤하는 잠시 녹두를 바라보다가 씩 웃으며 말했다.

"오냐! 그래라. 우리, 끝까지 소리 지르자."

윤하는 손에 쥔 응원봉의 버튼을 꾹 눌렀다. 그러자 응원봉에 빛이 돌며 반짝거리기 시작했다. 광장으로 향하는 길. 그 길 위에 촛불처럼 일렁이는 응원봉의 불빛이 환하게 빛나고 있었다.

〈부록〉

다시 새기는 오월

1980년 5월 18일, 광주 시민들은 정부의 부당한 탄압에 맞서 자유와 정의를 외쳤다. 하지만 그들은 무장한 군대의 강경 진압에 희생되었고, 그 진실마저도 오랫동안 왜곡되었다.

우리나라의 민주주의는 그냥 주어진 것이 아니라 많은 사람들의 희생과 노력으로 만들어졌다. 그런 의미에서 5·18 민주화 운동은 우리가 더 나은 민주주의로 나아가기 위해 반드시 알아야 할 역사이자, 잘못된 권력에 맞서 시민들이 어떻게 연대할 수 있는지를 보여 주는 중요한 사건이다.

1. 5·18 민주화 운동의 배경

1979년 10월 26일, 박정희 대통령이 피살되면서 약 18년 동안 이어졌던 군사 독재가 끝나게 되었다. 당시 국무총리였던 최규하가 대통령직을 승계했지만, 군 내부에서는 새로운 권력을 잡으려는 움직임이 있었다. 이때, 전두환을 필두로 한 신군부 세력이 1979년 12월 12일 군사 반란을 일으켜 실질적인 권력을 장악했다. 신군부 세력이 군사 독재를 이어 가려는 움직임을 보이자, 시민들은 민주주의를 지키기 위해 시위에 나서게 된다.

이에 1980년 5월 17일, 전두환은 시민들의 민주화 요구를 막

자료 Ⅱ-51
계엄포고령 제10호
계엄사령관 육군대장 이희성
1980. 5. 17

계엄포고령 제10호

1. 1979년 10월 27일에 선포한 비상계엄이 계엄법 규정에 의하여 1980년 5월 17일 24시를 기하여 그 시행지역을 대한민국 전지역으로 변경함에 따라 현재 발효중인 포고를 다음과 같이 변경한다.
2. 국가의 안전보장과 공공의 안녕 질서를 유지하기 위하여
   가. 모든 정치활동을 중지하며 정치 목적의 옥내외 집회 및 시위를 일체 금한다.
   정치활동 목적이 아닌 옥내외 집회는 신고를 하여야 한다. 단, 관혼상제와 의례적인 비정치적 순수 종교행사의 경우는 예외로 하되 정치적 발언은 일체 불허한다.
   나. 언론, 출판, 보도 및 방송은 사전 검열을 받아야 한다.
   다. 각 대학(전문대학 포함)은 당분간 휴교 조처한다.
   라. 정당한 이유없는 직장 이탈이나 태업 및 파업 행위를 일체 금한다.
   마. 유언비어의 날조 및 유포를 금한다. 유언비어가 아닐지라도
     (1) 전·현직 국가원수를 모독 비방하는 행위
     (2) 북괴와 동일한 주장 및 용어를 사용, 선동하는 행위
     (3) 공공집회에서 목적이외의 선동적 발언 및 질서를 문란시키는 행위를 일체 불허한다.
   바. 국민의 일상생활과 정상적 경제활동의 자유는 보장한다.
   사. 외국인의 출입국과 국내 여행 등 활동의 자유는 최대한 보장한다. 본포고를 위반한 자는 영장없이 체포, 구금, 수색하며 엄중 처단한다.

1980년 5월 17일

계엄사령관 육군대장 이희성

계엄포고령 제10호
(이미지 출처: 민주화운동기념사업회 제공, 이희성 생산, 5·18기념재단 기증)

으려고 비상계엄을 전국으로 확대한다. 비상계엄이란 전쟁이나 사변, 국가 비상사태 등으로 인해 사회 질서가 혼란해졌을 때 군대의 통제 아래에 나라를 운영하는 법적 상태를 뜻한다. 박정희 사망 이후 제주도를 제외한 모든 지역에 비상계엄이 내려져 있었는데, 이를 더욱 강화한 것이다. 비상계엄이 선포되면 군대가 직접 치안을 유지하고, 언론과 출판을 검열하며, 집회와 시위 또한 금지된다.

작품 속 〈5월 17일〉에서 전국 체전에 참가하기 위해 광주로 내려온 축구부원들은 차편을 구하지 못해 고립될 위기에 놓인다. 비상계엄으로 통행 제한과 감시가 강화되고 학교와 주요 기관들이 강제 폐쇄되었기 때문이다.

2. 탱크가 지나간 자리, 5·18 민주화 운동의 서막

나는 도로 시장 안으로 들어가려다가 제자리에 멈춰 섰다. 뭔가 이상한 게 보였다. 내가 잘못 봤나? 몸을 돌려 다시 왼편을 확인했다. 저 멀리 탱크 한 대가 오고 있는 게 보였다.

"탱크다!"

놀란 나머지 나도 모르게 소리쳤다. 세상에! 내 눈앞에 탱크가 있었다. 국민학교 시절, 반공 글짓기나 반공 포스터를 그려야 할 때마다 희한하게 꿈에 탱크가 나타났다. 실제로 한 번도 본 적이 없는데도 꿈에 보이면 옴짝달싹 못 하고 얼곤 했다. 그런데 내가 사는 동네에 탱크라니. 믿기지 않아 한쪽 볼을 꼬집었다.

<양치기 소년> 중에서

신군부는 비상계엄을 확대하면서 전라남도 광주에 제7공수특전여단을 내려보냈다. <양치기 소년>의 주인공 정호가 목격한 탱크가 바로 5·18 민주화 운동의 시작이었던 것이다.

5월 18일, 전남대 학생들이 학교에 들어서려 하자 계엄군이 가로막으며 대치 상태가 되었다. 이에 학생들은 "계엄 해제하라!", "휴교령 철폐하라!"라는 구호를 외치며 항의 시위를 시작했다. 계엄군은 진압봉을 휘두르며 학생들을 공격했다. 피를 흘리며 쓰러진 학생들을 군용 트럭에 짐짝처럼 내던지고, 심지어는 시민들에게도 무자비한 폭력을 행하며 진압 작전을 감행했다.

공수 부대가 진압에 나서자 달아나는 광주 시민들
(이미지 출처: 경향신문)

3. 피로 세운 해방구, 그리고 최후의 항전

계엄군의 장갑차가 시위대를 진압하는 과정에서 사상자가 발생하자, 분노한 시민들은 더욱 격렬하게 투쟁하기 시작한다. 〈봄날, 송곳을 쥐다〉에서 미영과 선희가 겪은 사건 또한 이 과정 중에 일어난 일이었다. 미영은 계엄군의 희롱과 폭행으로부터 자신과 친구를 지키기 위해 송곳을 무기로 사용한다. 탱크와 군홧발의 무자비한 공격 속에서 시민들은 스스로 목숨을 지켜야만 했던 것이다.

1980년 5월 21일, 계엄군은 전남도청 스피커에 애국가를 틀고 시민들을 집중 사격했다. 수많은 시민이 현장에서 사망하고 부상을 입었지만, 시외 전화가 두절되고 신문과 방송이 통제되고 교통마저 끊긴 절망적인 고립 상황이었기에, 이 사실을 광주 바깥으로 알릴 방법이 없었다.

　계엄군의 학살로 더욱 분노한 시민들은 주변 경찰서, 예비군 무기 보관소에서 총기와 탄약을 확보하여 맞대응하기 시작했다. 이렇게 결성된 시민군의 무력 저항으로 인해 계엄군은 결국 광주 외곽으로 철수한다.

군용 트럭을 타고 지나가는 시위대에게 물바가지를 건네는 소녀
(이미지 출처: 경향신문)

이 사건은 5·18 민주화 운동에 중요한 전환점이 되어 광주는 '해방구' 상태가 된다. 해방구란, 국가나 특정 권력의 통제에서 벗어나 자율적으로 운영되는 일종의 무정부 상태를 의미한다. 그러나 5월 27일 새벽, 계엄군은 전차, 장갑차, 헬기 등을 동원해 광주 도심을 급습한다. 시민군은 소총과 화염병으로 저항했지만, 계엄군의 압도적인 화력에 밀리게 되며 저항 세력 대부분이 사망 또는 체포되고 전남도청은 함락된다.

4. 영원한 침묵은 없다, 기억과 연대의 길

진압 작전이 종료된 뒤 계엄군은 광주 전역을 완전히 장악하고 대대적인 검거 작전을 펼쳤다. 시민군 가담자, 민주화 인사, 학생, 일반 시민 등을 무차별적으로 체포하고 고문하기 시작한 것이다. 신군부는 광주를 철저하게 고립시키고, 전국적으로 언론 통제를 강화하고 탄압하며 진실을 감추려 했다. 방송과 신문에서는 대학생과 시민 들을 '불순 세력'으로 몰아가는 조작된 뉴스만 보도되었다.

5·18 민주화 운동은 많은 희생과 함께 비극적으로 끝을 맺었지만, 신군부의 반인륜적인 억압과 통제 속에서도 민주적 연대

를 이루었다는 점에서 대한민국 민주주의 발전에 큰 영향을 미쳤다. 광주 시민들은 자발적인 의료 지원과 식량 분배 등으로 질서를 유지하려 했고, 이는 이후 민주화 운동의 중요한 정신이 되었다. 특히 5·18 민주화 운동의 참혹한 진실이 국내외로 알려지며, 1987년 6월 민주 항쟁으로 이어지는 결정적인 촉매제가 되었다.

 6월 민주 항쟁은 5·18 민주화 운동 이후로도 계속된 군사 독

5·18 민중항쟁추모탑
(이미지 출처: 위키피디아)

재의 강압적 통치와 억압을 깨부수고 국민이 직접 대통령을 선출할 권리를 쟁취한 의미 있는 사건이다. 5·18 민주화 운동의 희생과 정신을 통해 민주화로 나아가게 된 사례 중 하나이다.

이후 신군부의 관련자 처벌과 피해자 명예 회복을 원하는 국민들의 요구에 따라 1995년에 5·18 특별법이 제정되며 전두환, 노태우를 포함한 열다섯 명이 유죄 확정 판결을 받았다. 5·18 민주화 운동이 국가 폭력에 의한 사건이었음을 정부가 법적으로 인정한 것이다. 이는 희생자와 유가족의 명예 회복 및 보상을 위한 법적 토대를 마련한 중요한 계기가 되었다.

또한 5·18 민주화 운동의 진실을 알리고 역사적 가치를 보존하기 위해 관련 기록들이 정리되었으며, 이 기록물들은 2011년 유네스코 세계 기록 유산으로 공식 등재되었다. 이는 5·18 민주화 운동이 세계적으로도 민주주의와 인권의 상징적인 사건으로 인정받았음을 의미한다.

현대에 이르러서도 민주주의를 지키려는 시위가 열리면 시민들이 자체적으로 질서를 지키고 음식과 온기를 나누는 모습을 종종 볼 수 있다. 이러한 평화 시위는 피로 얼룩진 역사를 답습하지 않겠다는 자세이며, 이를 통해 정부 정책을 바꾸거나 정권

퇴진, 법 개정 등 실질적인 정치적 변화를 이끌어 내기도 했다.

현재 우리가 누리는 자유와 권리는 5·18 민주화 운동을 밑거름으로 하여 만들어졌음을 상기하고, 정확하고 진실된 역사를 배우고 기억하는 것만으로도 충분히 더 나은 사회를 만들 수 있음을 다시 한번 되새겨야 한다.

다시 피는 오월 5·18 앤솔러지

초판 1쇄 발행 2025년 5월 14일

지은이 정명섭 임지형 유이영 김민성
펴낸곳 올리 | **펴낸이** 이원주
기획편집 최현정 장혜란 정선우 김수정 | **디자인** 전성연 김다현
마케팅 양근모 권금숙 양봉호 | **온라인마케팅** 신하은 현나래 박미진 최혜빈
디지털콘텐츠 최은정 | **해외기획** 우정민 배혜림 정혜인
경영지원 김현우 강신우 이윤재 | **제작** 이진영
출판등록 2006년 9월 25일 제406-2006-000210호
주소 서울시 마포구 월드컵북로 396 누리꿈스퀘어 비즈니스타워 18층
전화 02-6712-9800 | **팩스** 02-6712-9810
이메일 allnonly.book@gmail.com | **인스타그램** @allnonly.book

ISBN 979-11-94755-01-2 (43810)

- 책값은 뒤표지에 있습니다.
- 인쇄 제작 및 유통상의 파본 도서는 구입하신 서점에서 바꿔드립니다.
- 저작권법에 의해 한국 내에서 보호를 받는 저작물이므로 무단전재와 복제를 금합니다.
- 올리 _ all&only는 쌤앤파커스의 어린이 청소년 브랜드입니다.